L'EXÉCUTEUR

ENFER À TINGO MARIA

DON PENDLETON

L'EXÉCUTEUR

ENFER À TINGO MARIA

VAUGIRARD

Photo de couverture : PICTOR INTERNATIONAL

ISBN 2-258-03478-7

CHAPITRE I

— Ils ne viendront pas.

Sous la bâche aux ridelles suintantes du vieux Ford, Franck Reynolds n'avait qu'à peine entendu la voix de Janet Finley. Sur ce versant est de la cordillère des Andes, à moins de 800 mètres d'altitude, il faisait une chaleur d'étuve, car l'humidité montant de l'immense plaine amazonienne frisait les cent pour cent.

Reynolds regrettait le vent presque froid rencontré le matin même au passage du col de Carpish. Il détestait la chaleur et il serait bien resté à Lima. Mais le boulot commandait et leur contact péruvien les avait appelés de Huanuco. Son correspondant d'Iquitos et les « Brésiliens » étaient tombés d'accord, la transaction aurait bien lieu comme prévu.

A Tingo Maria.

La plaque tournante de ce trafic d'enfants sur lequel ils enquêtaient depuis des semaines.

Un trafic infâme : des gosses contre des armes. Ou plutôt, moitié armes, moitié dollars.

Selon les sources des deux reporters américains, un troc qui fonctionnait depuis pas mal de temps et qui remplissait les poches d'une petite équipe d'affreux. Une douzaine d'anciens *senderos* qui avaient préféré déserter les rangs du *Sentier Lumineux* pour se reconvertir dans les « affaires ». Un commerce à la fois bien pourri et très juteux, basé sur un principe archi-simple. Le Pérou comptait beaucoup d'orphe- lins et l'Occident beaucoup de parents adoptifs potentiels. Un marché en plein essort. Celui du cœur. Quant aux armes, elles étaient tout naturellement revendues... au *Sentier Lumineux*. Au prix plancher. Histoire de rester en vie, malgré la désertion.

— Ils ne viendront pas, répéta Janet.

Franck Reynolds commençait à le craindre également. Pourtant, les caisses d'armes venues du Brésil étaient là, avec eux, sous cette bâche que le martèlement incessant de la pluie détrempait de plus en plus. Des heures qu'ils se planquaient là-dessous, hésitant à pointer le nez dehors par crainte d'éventuels guetteurs.

Avec les *senderos*, même les déserteurs, on pouvait s'attendre à tout. Y compris d'être abattu sur place.

— Attention, *señores* ! Les voilà !

A peine la voix du chauffeur avait-elle résonné à travers la toile que les trois convoyeurs avaient empoigné leurs armes. Un vieux PM Halcon argentin de 45 ACP et deux Viking US de 9mm Parabellum.

Pas vraiment de quoi soutenir un siège.

Déjà, Franck et Janet s'étaient jetés dans leur planque. Un simple « vide » situé entre la cabine du camion et le plateau à ridelles. A l'intérieur, deux caméras vidéo. La première, tournée vers l'avant, objectif face à un trou de la bâche, juste derrière la vitre arrière de la cabine ; l'autre tournée en sens contraire, objectif également pointé dans l'alignement d'un trou dans la toile, prête à filmer ce qui se passerait côté chargement. Ils voulaient du document vérité. L'enregistrement de chaque phase de la transaction. Bien sûr, les visages de tous les protagonistes seraient occultés au montage, c'était dans le « contrat ». Mais cela ne gâterait rien. Au contraire.

— Je les ai, souffla Janet.

A travers la vitre arrière de la cabine et le pare-brise dégoulinant de pluie, sa caméra captait en effet les première images. Celles d'un 4x4 et d'un autre camion, également bâchés. Crevant le rideau de pluie, les deux engins cahotaient dans les profondes ornières de la route, ressemblant dans ce clair-obscur glauque à deux monstres antédiluviens. Glissant vers le ravin, puis reprenant son axe en rugissant, le camion vint aussitôt recoller au premier véhicule, puis, arrivé à une vingtaine de mètres de l'emplacement déboisé sur lequel attendait le Ford, le 4x4 envoya un appel de phares. Dans la cabine du Ford, c'était le silence, mais le chauffeur avait dû répondre au signal, car presque aussitôt, une demi-douzaine de silhouettes jaillirent du 4x4 pour venir à eux. Des silhouettes vêtues de treillis débraillés et armées jusqu'aux dents.

Les ex-*senderos*.

L'un d'eux sauta sur le marchepied du Ford, criant pour couvrir le bruit de l'averse :

— T'as la marchandise ?

Dans l'oculaire de sa caméra, Janet Finley vit en gros plan la tête de leur chauffeur amorcer un mouvement affirmatif, mais elle n'entendit jamais la réponse.

Une réponse couverte par un terrible vacarme.

Celui d'un enfer qui venait de se déchaîner tout autour d'eux. Puis elle vit les premières silhouettes s'écrouler au pied du 4x4 et son cœur se mit à battre comme un fou.

A battre de peur.

— *Shit* ! lâcha Franck Reynolds entre ses dents. C'est un piège !

Mais les réflexes professionnels avaient joué chez l'un comme chez l'autre et les caméras continuaient de tourner. C'est ainsi qu'ils assistèrent au massacre en règle des ex-*senderos* et à celui des trois convoyeurs du Ford, sortis pour leur prêter main-forte. C'est ainsi également qu'à la fin du carnage, ils virent les autres émerger du couvert de la forêt.

Une vingtaine au moins.

Eux aussi portaient des treillis militaires. Certains à pied et armés de FM, d'autres, à bord de véhicules, dont trois étaient équipés de mitrailleuses.

— Qu'est-ce que c'est que ce bordel ! s'exclama Reynolds d'une voix sourde.

Ils étaient tombés dans un guet-apens. Tendu par l'armée, la Guardia Civil ou la Dircote[1]. En tout cas des

1. Police anti-terroriste.

gens qui croyaient sans doute avoir affaire à de vrais *senderos*. En fait de scoop, ils en avaient accroché un sévère. Restait à savoir comment tout ça allait se terminer.

Le cœur battant à tout rompre, Janet continuait à filmer. Elle aussi se posait des questions.

Elle ne s'en posa pas longtemps. L'instant d'après, leur camion était pris à son tour sous un feu nourri. Telles des guêpes en furie, les balles crevaient la toile avec des petits sons mats, ricochant sur les tôles, zonzonnant sinistrement aux oreilles des deux Américains. L'une d'elles vint frapper la caméra de Franck Reynolds qui jura sourdement, avant de se laisser tomber sur Janet en grondant :

— Couche-toi. Ces cons-là vont finir par nous flinguer.

Puis songeant que la plaisanterie avait assez duré, il prévint :

— Ne bouge pas. Je vais sortir.

En Amérique latine, une carte de presse US calmait en général les ardeurs policières.

— Non! cria Janet. N'y va pas.

Un pressentiment lui faisait redouter le pire. Elle avait attrapé la manche de Franck et elle s'accrochait à lui avec une force incroyable. Le reporter hésita, finit par se laisser aller contre elle.

— O.K., souffla-t-il. On attend.

D'ailleurs, les échos de la fusillade s'espaçaient déjà et des voix s'interpellaient. Soudain, encore lointaine, l'une d'elles lança rageusement :

— *Finocchio*!

Puis il y eut une courte rafale, suivie d'un éclat de rire.

— *Look*! jeta une autre voix. Tu lui as fait sauter un œil, à ce con.

En anglais! Et le premier type avait lancé son insulte en italien! Ici, en plein Pérou! En principe, l'usage de la langue de Shakespeare aurait dû rassurer les reporters, mais avec ses douze ans de scoops à travers le monde, Franck Reynolds était déjà un vieux « routier ». En fait, ce *melting-pot* verbal ne lui disait rien qui vaille. Et il avait raison, il en eut la confirmation un instant plus tard, quand ayant repris les commandes de l'autre caméra, il vit s'avancer un rouquin colossal, en battle-dress et portant négligeamment une mini-Uzi. Mâchonnant un gros moignon de cigare et canon du PM pointé vers le bas comme s'il n'avait plus rien à redouter, il sauta à son tour sur le marchepied du Ford pour lancer au chauffeur tremblant de trouille :

— Fais pas le con, Amadeo.

Il avait parlé d'une voix vulgaire, en espagnol, avec un épouvantable accent US. Presque sans bouger les lèvres. Des lèvres quasi inexistantes. Minces comme un trait de rasoir, avec une grosse cicatrice, verticale et mal recousue, qui lui faisait comme un bec de perroquet.

« Une sale gueule », songea Franck Reynolds.

— Tu... vous connaissez mon nom? s'étonna le « Brésilien » d'une voix blanche.

— Je connais pas que ça, minable. Je connais aussi tout votre petit trafic, à ton cousin Pedro et à toi. Même qu'en ce moment, des copains à nous sont avec lui. A Iquitos.

— A... à Iquitos! Vous voulez dire que...

— Je veux dire que mes copains d'Iquitos et lui sont en train de sceller un marché.

— Un marché?

Le chauffeur avait la voix de plus en plus blême.

— Un marché que deux minables comme vous ne pouvez refuser, graillonna le rouquin.

Tandis que ses compagnons faisaient sortir une douzaine de gosses de l'autre camion pour les parquer sous la pluie, mains sur la tête, il prit le temps de rallumer son moignon de cigare, avant de reprendre de la même voix vulgaire :

— Vous et les *senderos* défroqués, c'est cuit. Maintenant, ton cousin et toi, vous traitez avec nous.

Dans l'objectif de la caméra, Franck Reynolds voyait le chauffeur se trémousser sur son siège. Toujours aussi coincé par la trouille, celui-ci hasarda :

— Vous... vous voulez dire que...

— Je veux dire que le marché des gosses, c'est maintenant avec nous qu'il faudra le traiter, coupa le géant.

Reynolds le vit enfoncer brutalement le canon de son Uzi dans le cou du chauffeur qui émit un couinement tragi-comique en se renfonçant dans le dossier de son siège. Grinçante, la voix du rouquin questionna :

— *Capito*?

Le « Brésilien » devait comprendre l'italien, car il hocha la tête avec force avant de coasser d'un ton plaintif :

— *Si, si! Muy bien, señor! Muy bien!* Mais...

— Mais?

— Mais, enfin, je veux dire... puisqu'on va travailler ensemble... et que mon cousin est d'accord avec vous... enfin, ce serait peut-être bien si je savais...

Un petit rire sec du rouquin le stoppa.

— Tu veux savoir qui je suis? C'est ça?

— Je... *Si, señor*. C'est ça. Je... Je crois que c'est mieux de savoir, hein?

— T'as raison, Amadeo, t'as complètement raison.

Le colosse ralluma une nouvelle fois son moignon de cigare, titilla un brin le cou du « Brésilien » du bout de son canon d'Uzi, finit par graillonner :

— Nous, c'est l'Organisation, mec. L'Organisation, se rengorgea-t-il en laissant échapper un nuage de fumée grise. Rappelle-toi ça.

Le chauffeur n'avait pas l'air de bien savoir de quoi il s'agissait. Il acquiesça pourtant :

— *Si, señor, mais...*

— Et mon nom, à moi, c'est Roco.

— Rocco. *Si,* opina servilement le chauffeur. Je me rappellerai.

— Roco, avec un seul « c », connard! gronda le rouquin en enfonçant brutalement le canon de l'Uzi sous l'oreille de l'autre. Avec un seul « c ». Je t'ai entendu le dire avec deux « c ».

— Non, non! Avec un seul! C'est ça! Un seul « c ».

— Si t'arrives pas à le dire avec un seul « c », ricana le géant, t'as qu'à m'appeler Colin Maillard.

— Co... Colin Maillard?

Petit rire sinistre du rouquin.

— Un surnom. Je te souhaite pas d'apprendre ses

origines sur le tas. Bon. C'est pas le tout. C'est O.K., pour notre association ?

— *Si. Si, señor!*

— T'es un mec intelligent, Amadeo. A partir de maintenant, c'est toujours à moi que t'auras affaire, Amadeo. Toujours à moi. A l'heure qu'il est, ton cousin sait déjà comment il faudra opérer. Il te racontera.

— *Si, señor* Roco.

Le canon de l'arme trembla dangereusement dans le cou du chauffeur. Le rouquin gronda, l'œil allumé de folie meurtrière :

— Je t'ai entendu prononcer RoCCo, pédé ! Tu l'as dit avec deux « c » !

— Non ! s'affola le « Brésilien ». Non ! Je vous jure que non !

Le géant laissa échapper un soupir.

— Bon. Pour cette fois, ça passe. Mais attention.

— *Si ! Si, señor!*

— *Señor* qui ?

Complètement paniqué, le chauffeur couina :

— *Señor*... Roco !

Il avait à peine pronconcé le « c » en question et la lueur folle s'atténua dans l'œil du géant.

— O.K., dit-il. Mais si tu me doubles, je te fais arracher les *cojones*, puis je joue à colin-maillard avec toi.

— *Si*... je veux dire, non ! Je vous doublerai jamais. Vous pouvez en être...

— O.K., coupa le géant. Puisqu'on est d'accord, on va faire la transaction. Sans panique, précisa-t-il en indiquant la route d'un pouce négligent. On a le temps, mes gars ont scié quelques arbres, devant et derrière nous.

Déblayer le terrain risquait effectivement de prendre du temps. En tout cas suffisamment pour ce genre d'opération. De toute façon, ici, avec les éboulements de terrain, les intempéries et la nature même des véhicules, la circulation relevait quasiment du raid impossible.

— Tu vas aider mes hommes à décharger les armes,

ordonna le nommé Roco. Après, tu pourras embarquer les chiards.

Trempés comme des soupes, les « chiards » en question attendaient toujours. Reynolds opéra un gros plan sur eux, et malgré l'eau qui dégoulinait sur le pare-brise du Ford, il pouvait maintenant voir leurs regards apeurés. Le plus vieux ne devait pas avoir dépassé les sept ans et le plus jeune était encore un bébé. Tenu dans les bras d'une minuscule fillette aux grands yeux égarés. Des gosses perdus. Des pas-de-chance. Un trafic écœurant qui donnait la nausée à l'Américain. Mais, en même temps qu'il filmait, il avait compris ce qui se passait. Le super-scoop. Janet et lui étaient en train d'assister en direct à la mainmise de la mafia locale sur le trafic des gosses en Colombie.

Le super-super-scoop!

— Ah, fit encore le colosse roux à l'accent US, j'oubliais. Encore un petit détail à régler.

— Un... un détail?

— *Si*. Juste un petit détail, Amadeo. Un tout petit détail dont nous a parlé ton cousin Pedro, mais dont tu n'as encore rien dit, toi.

Le chauffeur du Ford se ratatina davantage sur son siège, tandis que le court canon de l'Uzi semblait s'être complètement enfoncé dans son cou. Tremblant, il s'enquit :

— Un détail, *señor* Roco? De quel... détail vous parlez?

Le colosse à la bouche recousue tira une large goulée de son bout de cigare, laissa filer un épais nuage de fumée entre ses lèvres inexistantes, puis, d'une voix soudain presque douce, il insista :

— Tu ne vois vraiment pas, Amadeo?

— Ben... non, *señor* Roco!

Le rouquin exhala un long soupir, hocha tristement la tête et finit par lâcher d'un air de reproche :

— Je parle de ces reporters, Amadeo. Je parle de ces fouille-merde US que tu planques dans ton camion.

Exactement en même temps, Franck Reynolds et Janet Finley sentirent leur sang se glacer.

La peur ressemblait à la mort.

Elle était aussi froide.

CHAPITRE II

— Merci d'être venu.

C'est à peine si la voix de Harold Brognola était parvenue à l'oreille de Mack Bolan, tant le vacarme était intense. Il était midi et demi et la grande salle du *Belvédère* était pleine à craquer. Non que l'établissement fût une des meilleures tables de Washington, mais c'était un des moins chers du genre. Il n'avait d'ailleurs de français que le nom et sa cuisine se limitait aux classiques hamburgers et autres *chickens* rôtis. Mais avec beaucoup de ketchup, c'était supportable. Hal Brognola n'avait pas choisi ce restaurant par souci d'économie, mais simplement parce qu'il était situé tout près de l'agence fédérale où le haut fonctionnaire devait animer une conférence une heure plus tard.

— J'ai fait le plus vite possible, renvoya Bolan en s'asseyant face à son ami.

Un garçon arrivait et il commanda un Hennessy-Glace-Soda. Dommage de noyer un tel breuvage, mais la pressurisation mal réglée de son vol DC 10 Los Angeles-Washington lui avait donné soif. Et sur ces lignes US, on ne servait ni cognac français, ni Moët et Chandon. Les deux amis échangèrent quelques banalités, puis une fois servi et désaltéré, Bolan fixa son ami de son regard d'acier.

— Un problème, Hal?

A la mine soucieuse de Brognola et à son insistance pour lui parler de vive voix, il avait compris que quelque chose allait de travers.

— Pas pour moi, vieux. Pour un ami.

Le fédéral sirota une gorgée de son Coke, grimaça, se fit finalement apporter une dose de Hennessy qu'il versa sans vergogne dans son verre, avant d'avaler le tout.

Un véritable crime.

Pourtant, ce fut d'un air moins sombre qu'il claqua la langue avant d'enchaîner :

— Un problème, pour un très bon ami.

— On peut savoir ?

Le fédéral hocha la tête, tendit la carte à Bolan en précisant :

— J'ai peu de temps. On va commander.

Ils optèrent très raisonnablement pour un poulet-petits légumes et Brognola attaqua :

— Tu connais Dan Finley ?

Le cerveau de l'Exécuteur était devenu au fil des années presque aussi précis que l'ordinateur du char de guerre et il se mit à fonctionner à plein régime. Ce nom lui disait quelque chose, mais le fédéral le stoppa :

— Ne cherche pas dans tes listings mafieux. Si Finley s'y trouve, c'est du bon côté de la barrière.

Soudain, la lumière se fit dans l'esprit de Bolan.

— Tu veux dire, le Finley du *Department of State* ?

— Affirmatif. C'est lui, l'ami en question.

L'Exécuteur tiqua. Finley était une sommité. Ami et conseiller du Président.

— Qu'est-ce qui lui arrive ?

Le fédéral secoua la tête.

— A lui, rien. Son problème s'appelle Janet. Janet Finley. Sa fille.

D'un coup, les souvenirs affluaient à l'esprit de Bolan.

— Celle du coup de Miami ?

— Affirmatif.

Deux ans plus tôt, les flics de Miami avaient trouvé Janet Finley dans le lit d'un important dealer qu'ils venaient arrêter. Shootée à la coke, la fille du haut fonctionnaire avait prétendu avoir fait tout ça pour les besoins d'une enquête journalistique. A l'époque, elle n'avait que vingt ans et était stagiaire dans un journal. Heureusement, grâce à ses très hautes relations, papa avait pu étouffer le scandale.

— C'est quoi, le problème de Janet Finley, cette fois? questionna Bolan après avoir lampé une gorgée de Hennessy-Glace.

— Elle a disparu.

Bolan haussa un sourcil étonné.

— Je ne suis pas flic. Compte tenu de sa position, son père ferait mieux de refiler l'affaire au FBI.

Brognola eut un mince sourire, secoua sa tête aux courts cheveux poivre et sel.

— Il ne s'agit pas d'une disparition banale.

— Elle est majeure, non?

— Elle a vingt-deux ans.

Moue de Bolan.

— C'est l'âge raisonnable, pour une petite fugue, non?

Le fédéral secoua de nouveau la tête.

— Arrête de blaguer, *Striker*. J'ai connu Janet toute jeune et son père est dans tous ses états.

— O.K., fit Bolan. Mais ma spécialité, ce n'est pas la recherche des petites filles disparues.

— Je sais. Aussi ne t'aurais-je pas appelé pour une simple disparition. Celle de Janet pourrait être plus ou moins liée à notre guerre.

Bolan fit une grimace comique.

— Encore un dealer dans le dodo?

— Non. Cette fois, je crois qu'elle est *clean*.

Bolan soupira.

— Laisse les devinettes de côté et lâche le morceau.

Le garçon arrivait, apportant leurs plats. Le fédéral en profita pour commander un autre Coke et Bolan qui avait beaucoup voyagé préféra un peu de vin californien. A défaut de Moët... Le serveur parti, Brognola enchaîna :

— Cela fait plus de deux mois que Janet Finley a disparu. Son père est fou d'inquiétude et sa femme est sous tranquillisants.

— Où a-t-elle disparu?

— Au Pérou.

L'Exécuteur laissa fuser un petit sifflement, reposa le verre de Hennessy-Glace vide, commenta :

— Pas la porte à côté. Qu'est-ce qu'elle faisait là-bas?

— Reportage.

— Elle est vraiment devenue journaliste?

— Reporter.

— Des reporters qui disparaissent le temps d'un scoop, ça s'est déjà vu. Surtout si elle s'est impliquée autant au Pérou qu'à Miami, railla-t-il.

Nouvelle dénégation de Brognola.

— Depuis plus de deux mois, elle ou son équipier auraient donné signe de vie.

— Ah! parce qu'elle travaillait en équipe! Si je comprends bien, son collègue a disparu aussi.

— Exact. Lui, c'est Franck Reynolds. Un bon. Vieux « routier », comme on dit. Spécialisé dans tous les coups durs. Il a une ex-femme quelque part, ainsi que deux mômes, et Janet et lui entretiennent une liaison épisodique depuis un an environ.

— Ils étaient sur quoi? Toujours la drogue? *Sentier Lumineux*?

— Négatif, répondit le fédéral en attaquant son *chicken*. Trafic de gosses.

Bolan en suspendit son geste.

— Comment ça, trafic de gosses?

Les enfants avaient toujours été pour lui des êtres sacrés. La Fondation Miséricorde qu'il avait créée à la suite de son blitz thaïlando-malais pour y accueillir, outre le petit Cheng, une quarantaine d'autres jeunes orphelins de guerre, en était la preuve. Depuis, il ne vivait plus que dans l'espoir de voir un jour le fils de Liang, cet autre enfant autrefois sauvé par lui du bourbier viet, retrouver cette parole qu'il avait perdue au hideux spectacle du supplice et de l'assassinat de sa mère.

— Trafic de gosses?

Hochement de tête entendu de Brognola qui précisa :

— Tu connais cette nouvelle mode qui pousse certains couples occidentaux à l'adoption de petits orphelins Sud-Américains.

— Affirmatif.

— Eh bien, soupira le fédéral, il en va pour le

commerce du cœur comme pour certains autres marchés, ils génèrent parfois leurs propres démons.

— Tu veux dire, des marchés parallèles ? Des trafics ?

— Affirmatif, acquiesça Brognola en entamant un vigoureux duel avec sa cuisse de poulet. En tout cas, selon Dan Finley, c'est bien le sujet du scoop que couvraient sa fille et Franck Reynolds au moment de leur disparition. Mais...

Brognola s'interrompit en étouffant un juron. La cuisse du *chicken* venait de marquer un point en envoyant un petit pois sur la cravate de son adversaire.

— Mais ? insista Bolan avec un sourire amusé.

Bravement, le fédéral ravala sa rogne pour reprendre :

— Mais je te l'ai dit, je ne t'aurais pas appelé pour une simple histoire de disparition, même celle de Janet Finley.

— Tu m'as appelé pour quoi, alors ?

— Zino Ferra.

L'Exécuteur leva un regard devenu soudain minéral. Le nom que venait de prononcer Hal concernait cette fois complètement sa guerre contre l'*Organized Crime*. C'était celui d'un des anciens lieutenants de Michele Greco, l'ex-boss des boss de la mafia sicilienne. Un boss et une brochette de lieutenants que les juges avaient fini par envoyer en prison quelque temps plus tôt. Une lueur dangereuse passa fugitivement dans les prunelles de l'Exécuteur qui questionna :

— Quoi, Zino Ferra ?

Brognola prit le temps de passer un peu d'eau sur sa pauvre cravate. Puis, constatant que le remède était pire que le mal, il y renonça en soupirant :

— Tu sais que Zino Ferra était à *Carceri Ucciardone* ?

La fameuse maison d'arrêt de Palerme. Bolan acquiesça. Il connaissait cet épisode mafieux. Comme il connaissait aussi la carrière de Ferra. Un vrai de vrai. Double nationalité américano-sicilienne, des protections à tous les niveaux, une mentalité de mac. Déjà, au temps du Vietnam, le sergent Miséricorde avait entendu parler de lui. En ce temps-là, la mafia était aussi là-bas et on avait prétendu voir Zino Ferra et quelques complices du même acabit y organiser certains trafics. La drogue, bien sûr, mais également les armes. Volées dans les stocks US et revendues aux *gooks*[1].

Des armes qui servaient ensuite à tuer les frères de combat de Bolan. Plus tard, lors de la débâcle US, c'est encore lui qui avait organisé le marché parallèle des fameux « rapatriements ». Des milliers d'innocents Vietnamiens pro-US, désireux de fuir le communisme, avaient acheté à prix d'or les *back home tickets* vendus par lui au marché noir. Des faux, bien sûr. Résultat, des dizaines de milliers de dollars escroqués et des milliers de familles ruinées et désespérées qui s'étaient évidemment vues refoulées lors des vrais embarquements *back home*. A la suite de cet intermède dramatique, la plupart des familles excroquées avaient été dénoncées et massacrées par les « rouges ». Pour haute-trahison.

Zino Ferra, la vermine intégrale.

Comme ses complices. Pendant un court laps de temps, le sergent Miséricorde avait même eu un de ses rabatteurs sous ses ordres. Un sadique d'origine italienne qui prenait son pied avec ses « chasses au singe ». Des interrogatoires très particuliers pratiqués sur les civils vietnamiens soi-disant soupçonnés de communisme. De vrais massacres organisés que le sergent Mack Bolan avait dénoncés. Mais l'affaire avait été très vite étouffée et l'intéressé avait aussitôt reçu une autre affectation.

Bolan soupira :

— Tu as dit « était ». Il a été libéré, Ferra?

Le fédéral fit non de la tête.

— Evadé.

Grimace de Bolan. A quoi servait-il de mettre les *amici* en prison si c'était pour qu'ils s'en échappent aussitôt ? Décidément, il n'y avait qu'une solution. Celle de l'Exécuteur. Radicale. L'élimination physique.

La mort est une prison dont personne ne s'échappe.

1. Argot américain pour Vietcongs.

— Je vois, fit Bolan. Une évasion qui remonte à quand?

— Environ un an, mais le FBI vient seulement de l'apprendre.

Les nouvelles avaient un petit goût de rassis, mais la Sicile était un monde vraiment à part. L'Exécuteur hocha la tête.

— Bon. Zino Ferra s'est évadé. Ensuite?

Brognola abandonna sa cuisse de poulet avec une moue dépitée, vérifia que la tache de sa cravate ne se voyait pas trop, avant de répondre :

— Selon certaines sources, notamment la DEA, on aurait retrouvé sa trace.

— A la bonne heure!

— En Amérique Latine.

L'Exécuteur esquissa l'ombre d'un sourire.

— Si je devine dans quel pays, qu'est-ce que je gagne?

Le fédéral lui renvoya son sourire.

— La tête de Zino Ferra. A condition que tu le trouves.

L'Exécuteur eut un petit air rêveur. Se faire un lieutenant du parrain des parrains siciliens lui plairait infiniment. Surtout celui-là. Il avait un compte à régler avec lui. En souvenir du Vietnam. Il proposa :

— Pérou?

— Bingo! Tu viens de gagner le voyage.

— C'est toi qui payes?

Nouveau sourire du fédéral qui railla :

— Avec tout le fric que tu piques aux *amici*, tu ne le sentiras même pas passer. Même en *first*.

C'était vrai. Quand l'occasion se présentait, l'Exécuteur ne se privait pas de ponctionner les caisses de ceux qu'il combattait, et parfois, cela faisait même de sacrés magots. Mais il était exact aussi que Bolan avait de gros frais. Entre le renouvellement permanent et l'entretien de son matériel de guerre extrêmement onéreux et la gestion de la Fondation Miséricorde, il avait un permanent besoin d'argent. Quoi de plus logique que de faire financer sa guerre par ceux mêmes qu'il chassait?

Il questionna :
— On sait dans quel coin du Pérou il est, Ferra?
Moue de Brognola.
— Pas exactement. Il y vivrait sous la fausse identité de Gino Zera. Ce n'est pas très original, mais c'est à peu près tout ce qu'on a pu me dire. En tout cas, s'il touche à la drogue, c'est du côté de Tingo Maria qu'il faudra fouiner.

Tingo Maria n'était pas précisément le paradis. A plus de trois jours de route de Lima, lovée au pied du versant est de la cordillère et enfouie dans la *selva*, la ville était le carrefour marchand de tous les commerces et de tous les trafics de la région. Il y pleuvait les trois quarts du temps, il y faisait une chaleur de sauna, on n'y rencontrait que des aventuriers, des drogués et des serpents, la police n'y existait pratiquement pas et on y risquait autant une rafale de PM qu'une piqûre de *mosquito*.

Un bon petit enfer tropical.

Selon la doc de l'Exécuteur, la coca y poussait comme le chiendent et les quelques gros *narcos* installés dans le secteur se planquaient dans des fermes de brousse enfouies en pleine forêt vierge. Protégés par de véritables armées de *pistoleros*, ils possédaient hélicos et avions privés et les autorités locales préféraient ne pas fouiller de trop près dans leurs combines.

— T'as pas une cigarette? demanda Bolan avec une petite moue d'adolescent pris en faute.
— Je croyais que tu avais arrêté! s'esclaffa Hal.
— J'ai arrêté! Bon, va pour Tingo Maria, se reprit Bolan, sans plus insister.

La guerre de jungle ne lui faisait pas peur. Il avait connu. D'abord au Vietnam, puis bien des fois ensuite, tout au long de son implacable croisade contre l'*Organized Crimé*. Et si les petits malins de Palerme avaient décidé d'allonger les tentacules de la pieuvre noire jusqu'au pays des Incas, autant y aller tout de suite. Avant que le mal ne soit trop étendu.

— Attends! le stoppa Brognola. Rien n'est sûr et il n'est même pas certain que tout ça puisse déboucher sur un blitz. A mon sens, foncer à Tingo Maria serait une erreur. La moindre question de ta part te ferait aussitôt repérer et ce serait le coup de pied dans la fourmilière. Tu connais la *selva* mieux que moi, tu sais qu'on peut tout y cacher. Il faut enquêter par la bande.

— Enquêter n'est pas non plus vraiment ma spécialité.

— Désolé, je n'ai rien de plus précis sur Zino Ferra. Même pas sur les *narcos* du coin.

— Et la DEA ?

Hal Brognola haussa les épaules.

— Pieds et poings liés. Et quand ils ne sont pas achetés, les flics locaux invoquent l'incontournable flagrant délit.

Côté *narcos*, ça limitait les risques.

— La DEA ne fait donc qu'observer, ajouta le fédéral. Mais selon les analystes du FBI, il est probable que Ferra ait été envoyé là-bas pour structurer une famille.

— Tu veux dire une famille de la mafia traditionnelle ? Une famille d'obédience sicilienne ?

— Avec des *capi* du gabarit de Greco, on peut tout envisager. Depuis quelque temps, la DEA a relevé là-bas l'afflux d'une forte immigration italo-sicilienne et si tout ça a un lien avec Ferra, il se pourrait que ce début de mainmise sicilienne vise plusieurs marchés. La drogue, bien sûr, mais également les armes, et peut-être aussi des tas d'autres choses. Avec la Colombie à la frontière nord-est, la Bolivie et le Chili au sud, au Pérou, on peut s'attendre à tout. Dans ce cas de figure, il ne faudrait pas s'étonner de voir l'influence d'un Zino Ferra s'étendre prochainement sur tout le secteur. Il peut aussi avoir une ou plusieurs antennes. A Lima, à Trujillo ou encore Iquitos..

— Et les *narcos* du cru resteraient les bras croisés ?

Brognola haussa les épaules.

— Ils manquent de véritables structures. Pas d'organisation à grande échelle. Ils sont en quelque sorte restés plus ou moins des amateurs.

Des amateurs qui réglaient leurs comptes à la mitrailleuse lourde. Mais Brognola avait raison. Si la *vraie* mafia mettait le paquet, elle n'aurait pas trop de mal à s'imposer. Depuis ses débuts, l'*Organized Crime* avait largement fait les preuves de son efficacité. Surtout dans le domaine de la mitrailleuse lourde.

— Si les boss de Palerme ont effectivement délégué Ferra dans ce secteur, ajouta Brognola, c'est qu'ils sont sûrs de ses chances de réussite.

C'était vrai. On pouvait tout reprocher à la mafia, mais certainement pas l'amateurisme. Et en matière de crime organisé, Zino Ferra n'était pas le premier venu. Après son odyssée vietnamienne et avant de devenir un des lieutenants du boss des boss de Palerme, il avait fait ses preuves, lui aussi, dans toutes sortes de domaines. Dans celui des « affaires », comme dans celui du massacre organisé. Même ses hommes disaient qu'il était devenu dingue. Une légende, fondée ou non, sur un petit penchant qu'il aurait eu de se laver les mains dans le sang de ses ennemis. Innocente manie rapportée du Vietnam.

Délicat personnage.

— On murmure aussi qu'une ancienne blessure par balle infligée par une maîtresse jalouse l'aurait rendu impuissant et qu'il se vengerait en...

— Je sais, coupa Bolan.

Le listing-computer de son char de guerre faisait également état de cette autre légende, selon laquelle Zino Ferra se serait plusieurs fois vengé de cette infirmité en séquestrant ses nouvelles « conquêtes » jusqu'à ce qu'elles meurent de faim et de soif. Toujours des blondes. Comme celle qui l'avait blessé.

Si un type comme lui se trouvait effectivement au Pérou, ce n'était sûrement pas pour faire du tourisme.

— Evidemment, reprit Brognola, pas question d'acheminer ton char de guerre sur place. Même si le *Sentier Lumineux* semble un tout petit peu moins virulent ces derniers temps, les autorités péruviennes restent très vigilantes. Te faire arrêter dans ce bled avec ton arsenal équivaudrait à la condamnation à mort. D'ailleurs, tu ne passerais pas la douane.

A moins de faire parachuter le van en pleine brousse.

Bien sûr, l'Exécuteur aurait apprécié le concours extrêmement efficace de son char de guerre, mais il avait déjà mené quelques blitz mémorables sans lui et il s'en était toujours sorti. Il suffisait de trouver des armes sur place. Ce qui ne serait sans doute pas très difficile cette fois encore. Avec toutes ses convulsions militaro-politico-révolutionnaires, l'Amérique Latine n'était qu'un immense arsenal.

Comme s'il avait suivi les pensées de l'Exécuteur, Hal Brognola récita :

— *Media Negra.*

— Qu'est-ce que c'est ?

— Un contact que tu pourras utiliser. Avec parcimonie.

— Drôle de nom, commenta Bolan.

— On l'appelle comme ça à cause de sa gueule. Une énorme envie brune occupe tout son profil droit. Homosexuel, ancien pilote de formule qui a mal tourné. Il sniffe la coke à pleines poignées et fume le hasch comme une cheminée, mais il sait tout ce qui se passe d'illicite dans cette région et il magouille dans tous les trafics. Notre antenne DEA locale ne connaît que lui. Pour le trouver, il suffit d'écumer les bars, on finit toujours par tomber dessus. S'il n'y a qu'un type au Pérou à savoir où on peut se procurer des armes, c'est lui. Peut-être même qu'il pourra te renseigner sur Ferra.

Un type sûr comme un nid de crotales. L'Exécuteur avait horreur de ce genre de personnage. Trop peu fiable et trop peu discret. Mais à la guerre comme à la guerre, il n'avait pas le choix. Il demanda :

— C'est tout ?

— Oui. Mais à défaut de renseignements plus précis, je peux te donner ça, répondit Brognola en posant une enveloppe brune sur la table.

— Qu'est-ce que c'est ?

— La dernière photo en date de Zino Ferra. Ça pourra t'aider. J'y ai joint celles de nos reporters. Bien sûr, tu n'as aucune obligation les concernant, se hâta de préciser le haut fonctionnaire. Simplement, Dan Finley est mon ami et je dois tout tenter. Alors, si tu aperçois Janet, tu fais selon.

Ce qui pouvait tout vouloir dire. Brognola reprit :

— Bien qu'il ne tienne guère à voir sa fille et lui-même de nouveau sous les projos de l'actualité, Dan Finley était décidé à alerter la cavalerie, quand je lui ai suggéré d'attendre encore un peu. Il se doute que je vais essayer quelque chose, mais il ignore quoi. Tout cela reste strictement entre toi et moi. Si tu ne trouves rien, je laisserai Dan sortir le grand jeu.

Bolan fit signe qu'il avait compris. Bien que ce type de boulot ne soit pas vraiment son *trip*, il empocha l'enveloppe brune en promettant :

— Je ferai au mieux.

Ils commandèrent des cafés, les avalèrent sur le pouce et le fédéral régla l'addition, avant de se lever.

— Ah, j'oubliais, dit-il tandis qu'ils gagnaient la sortie. Au Pérou, méfie-toi de tout et de tous. Entre la mafia locale fortement liée à celle de Colombie, le bordel du *Sentier lumineux*, les tiraillements de l'opinion populaire et la guerre fratricide que se livrent la Dircote, la Guardia Civil, les différents S.R.militaires et les aventuriers de tous poils attirés par la coke et autres trafics, le pays est un véritable panier à crabes. L'espionnite, la délation, la corruption et l'assassinat politico-crapuleux sont élevés au rang de sport national. Les *amici* locaux travaillent au bazooka, *Sentier Lumineux* coupe les têtes de tout ce qui n'est pas maoïste, la Dircote et la Guardia torturent allégrement et quant aux S.R., tu vois ce que je veux dire...

L'Exécuteur « voyait ». Il hocha la tête, pas vraiment impressionné. Dans un tel paradis, le tout était effectivement d'être armé.

— Mais dans un premier temps, sourit Brognola, tu passeras inaperçu. Suffit d'avoir le look. A Lima et dans la plupart des villes, les hôtels fréquentés par les hommes d'affaires sont pleins de mecs pas très nets, à la recherche de combines qui le sont encore moins. On peut tout aussi bien y recruter un garde du corps qu'un tueur à gages et tout le monde le sait.

L'Exécuteur sourit à son tour. Son boulot, à lui, était on ne peut plus net. Et sans bavures. Il se résumait en un mot.

La mort.

— O.K., dit-il en quittant le fédéral. Je te tiens au courant.

Il regarda son ami se fondre dans le petit crachin qui s'était mis à tomber sur Washington, puis, regagnant le char de guerre stationné non loin de là, il éprouva un peu de regret. Vraiment dommage qu'il ne puisse emporter son arsenal au Pérou. Mais après tout, un simple petit PM suffirait peut-être pour se payer la tête de Zino Ferra. Car c'était quand même là le but de l'opération.

Pour Janet Finley, c'était une autre paire de manches.

L'aiguille dans la botte de foin.

CHAPITRE III

— Vous avez fait bon voyage, *señor*?

C'était à peine si le petit chauffeur de taxi hilare, au crâne déplumé et aux gros yeux proéminents, avait regardé la route plus de deux minutes en tout depuis Jorge Chavez International Airport. Rivé au rétro, son regard sombre de *chulo*[1] fouillait la face de Bolan comme pour tester la sincérité de ses réponses. Il semblait ravi de vivre et de travailler. En revanche, son véhicule semblait sur le point de rendre l'âme. Une vieille Ford, rafistolée au ruban adhésif et à la boîte de conserve déroulée, qui brinquebalait si fort qu'il devait hurler pour se faire entendre. Mack Bolan aussi. D'autant qu'accroché au tableau de bord par du fil de fer, un antique autoradio nasillard débitait de la salsa à plein régime.

— *Si*, répondit-il pourtant pour sacrifier à la coutume d'extrême politesse des pays d'Amérique Latine.

— Vous êtes américain, *señor*?

Comme souvent dans les pays politiquement instables, il n'était pas rare de trouver des indics chez les chauffeurs de taxi ou parmi certains employés d'hôtels.

— *Si*, répondit néanmoins Bolan.

De toute manière, sa fiche d'hôtel serait envoyée à la Guardia Civil, voire à la Dircote. Il s'en fichait éperdument. Son faux passeport au nom d'emprunt de John Marlin était parfait. Le vrai John Marlin avait même

1. Métis d'Indien.

existé. Célibataire, mort trois mois plus tôt, à Detroit, dans l'incendie d'un supermarket.

— Vous venez à Lima pour les affaires, *señor*?

On se serait carrément cru à la douane de l'aéroport.

— Non. Tourisme, mentit effrontément Bolan.

A l'aéroport, il avait même encore plus effrontément prétendu venir au Pérou pour étudier l'itinéraire d'un éventuel raid publicitaire. Car il le pressentait, il allait être appelé à voyager.

— C'est la première fois que vous venez au Pérou, *señor*?

— *Si*.

— Ah, *señor*! déclara alors le *driver* avec une ferveur toute latine, vous verrez comme notre pays est beau!

C'était sans doute exact pour le reste du pays, mais légèrement exagéré pour ce qui concernait la capitale. Fondée en 1535 par Francisco Pizarro, Lima avait beaucoup changé au cours des siècles. Notamment à la suite des multiples tremblements de terre et des raz de marée qui s'ensuivirent, dont le plus terrible fut celui du 23 octobre 1746. Selon les historiens, il avait été plus désastreux que les cinq précédents réunis. Des milliers de morts et l'ancienne « Cité des Rois » où l'or et l'argent pavaient les rues en toute simplicité avait été rayée de la carte. Plus tard, il y avait eu cette indépendance que les Péruviens n'avaient même pas réclamée. Le chaos et l'anarchie suivirent, puis ce fut la guerre contre le Chili. Ruiné, saccagé, le Pérou se mit alors en devoir de panser ses plaies. En vain. Cela faisait maintenant plus de cent ans qu'il s'y essayait, sans beaucoup de succès.

Et ce que Bolan découvrait dans les faubourgs de l'immense capitale n'était pas bon signe pour l'avenir. Des *barriadas*, ces bidonvilles qui poussent comme des champignons, des immeubles lépreux constellés d'affiches électorales qui ne changeraient rien, des façades à demi écroulées, des chaussées défoncées où pétaradaient de légions de voitures qui ressemblaient à des rescapées de stock-cars, des armées d'*ambulantes*[1] misérables, une pol-

1. Marchands ambulants.

— Qui vous a parlé de moi, *señor?*

Un homme prudent, Media Negra.

— Je préfère rester discret au téléphone.

Simple formule qui classait implicitement Bolan du côté de ceux qui n'aiment pas les écoutes. Donc, en marge du légal. De quoi rassurer une fripouille bon teint. Au bout du fil, il y eut une hésitation, puis :

— Ce soir, à onze heures, *señor*. Au *Palmitas*. C'est un bar de la *esquina* San Isidro. Juste en bordure du Rimac sud.

Il ajouta avec un petit rire forcé :

— Vous me reconnaîtrez.

Puis il raccrocha et Bolan en fit autant.

En principe, par ce simple contact, le processus de son blitz sicilo-péruvien allait pouvoir commencer. A condition que ce Media Negra soit bien l'homme de la situation.

Et que Zino Ferra soit effectivement là.

CHAPITRE IV

— *Señor*?

Situé au fond d'une impasse puante, gardée comme Fort Knox par deux cerbères aux mines patibulaires, le *Palmitas* avait une salle toute en longueur. Avec un comptoir en formica, façon marbre noir, une dizaine de tables branlantes alignées le long du mur, pour la plupart occupées par une faune peu rassurante. Il est vrai que ce secteur de Lima était réputé comme étant un des moins sûrs de la ville. Le Rimac. La *barriada*, le bidonville le plus crasseux, le plus misérable de Lima. Sans doute un des endroits les plus dangereux au monde, avec les fameuses *favellas* de Rio et quelques autres encore, comme en Afrique ou en Asie. Un endroit que Bolan avait abordé avec certaines précautions, comme par exemple celle de garer la Seat de l'autre côté de la Rimac, le fleuve qui coupait le nord de la ville. Inutile de tenter le diable. Car de ce côté, c'était la zone.

Quant au bar, c'était un bouge.

Aussi sombre, aussi crasseux que le bidonville qu'il délimitait et qui avait pris le nom du fleuve, chargé d'ondes malfaisantes comme une pile atomique. Surtout autour de la minuscule scène surélevée qui occupait tout le fond du local. Une scène où deux jeunes *chicas*[1], des beautés du cru seulement vêtues d'un string, s'échinaient à singer une

1. *Chica* : jeune Indienne.

espèce de ballet saphique. Cela sentait la sueur, l'alcool, la marijuana et aussi beaucoup d'autres choses moins avouables.

— Vous cherchez quelqu'un, *señor*?

L'espèce de singe à la frange huileuse qui venait d'interposer son quintal de muscles et de graisse entre Bolan et la salle avait dû bien connaître l'homme de Néanderthal. Un monstre. Avec des bras comme des cuisses de taureau et de tout petits yeux très méchants. Boudiné dans une chemise détrempée par la sueur, il toisait Bolan avec l'air de vouloir l'écraser. Mais ce dernier connaissait ce genre d'individu. Plantant tranquillement ses yeux dans ceux du King-Kong local, il lâcha, froidement ironique :

— T'as deviné, Einstein. Je cherche Media Negra.

L'autre roula des yeux emplis de doute. Il ne devait pas connaître cet Einstein-là. Sûrement encore un de ces anciens nazis réfugiés. Enfin, poussant un grognement, il désigna le fond de la salle où les « danseuses » faisaient monter la pression.

— Là-bas, renseigna-t-il de mauvaise grâce. Tu le connais?

— Non.

Nouveau grognement du primate.

— Le plus crasseux. Avec le chapeau blanc. Tu peux pas te tromper. Quand tu verras sa gueule...

Puis se dressant de toute sa taille et ignorant soudain Bolan, il hurla en direction du comptoir :

— Alors! Et la *jora*[1], ça vient!

Fendant la foule de plus en plus dense à mesure qu'il approchait de la scène, Bolan parvint jusqu'au dernier rang des spectateurs assis et, fronçant les sourcils pour lutter contre l'épaisse fumée âcre des mauvais cigares, il localisa facilement le chapeau en question dans la masse des têtes noires des *chulos*. Un couvre-chef qui avait effectivement dû être blanc... deux cents ans plus tôt.

— Media Negra?

Assis devant une bouteille d'*aguardiente* à demi vide,

1. *Jora* : bière locale de qualité moyenne.

fumant un long cigare nauséabond et tout tordu, vêtu d'un costume qui avait également dû être blanc plutôt jadis que naguère, l'interpellé tourna vers lui une face d'une maigreur effrayante. Et livide. Enfin, juste un peu plus de la moitié. Le profil gauche. Le droit, lui, était noir comme le charbon. Une figure de carnaval. Avec une barbe de deux jours, une mèche de cheveux filasse sur le front et des yeux minuscules. Très clairs et très vifs.

— C'est moi, répondit-il de la voix rèche déjà entendue au téléphone. T'es qui, toi?

Il venait de retirer sa main droite de la braguette ouverte d'un jeune garçon à l'air indifférent qui était assis près de lui. Sans la moindre gêne, il l'essuya sur le jean du gamin, puis, plantant ses petits yeux à rayons X dans ceux de Bolan, il s'arracha ce qui voulait être un sourire. Sans les dents. Enfin, il en restait deux, juste devant, ce qui lui donnait un air de Bugs Bunny malade.

— Vous êtes le type du *Sheraton*?

Bolan acquiesça.

— John Marlin.

Media Negra hocha la tête, repoussa son chapeau en arrière et, délaissant son jeune compagnon, il se leva pour attraper le bras de Bolan.

— Tu m'as l'air d'un type O.K., dit-il en adoptant d'emblée le tutoiement hispanique. Viens par là.

Entraînant Bolan vers le coin du bar le moins fréquenté, c'est-à-dire près de l'entrée, il grinça de sa voix désagréable :

— Tous ces cons me donnent la nausée.

Puis lançant un regard oblique à Bolan, il questionna :

— T'aimes ça, toi, les trucs de gouines?

Bolan afficha une moue peu enthousiaste.

— A la bonne heure! s'exclama Media Negra en rallumant son infâme *tortillas*. T'es pédé?

— Non.

— Tant mieux, apprécia encore l'indic avec force. J'ai horreur de traiter avec ces empaffés. On se fait toujours baiser. En fait, ricana-t-il, cynique, moi, j'aime que les jeunes mecs. Les jeunes *chulos*, si tu vois ce que je veux dire.

Bolan hocha la tête. Il avait vu. Mais il n'était pas venu pour faire une étude de mœurs. Tandis qu'il fouillait l'étrange face bicolore du Péruvien d'un regard qui se voulait neutre, le Péruvien laissa échapper un petit rire de dérision.

— Fais pas gaffe à ma gueule, dit-il. C'est à cause de ma vieille. Pendant sa grossesse, elle a pas arrêté d'avoir des envies de café.

A en juger par le résultat, la chère femme avait également un peu fantasmé sur le lait. Passant outre la confidence, Bolan attaqua :

— J'ai besoin de certains trucs.

D'un coup, l'expression de Media Negra changea. Une lueur cupide fusa dans ses prunelles et, passant un doigt fortement nicotinisé sous le bord de son chapeau, il s'enquit :

— Genre?

— Genre renseignements.

La face de l'indic parut encore s'étrécir, tandis que, sous le chapeau, ses paupières se mettaient à battre furieusement.

— Genre renseignements, hein!

L'air songeur, il scrutait de plus en plus attentivement le visage de son vis-à-vis.

— Renseignements, répéta Bolan. Plus flingues.

Media Negra laissa planer un assez long silence, puis répéta encore :

— Flingues, hein!

Si ça continuait, on allait y passer la nuit. Bolan brusqua :

— On m'a dit que tu pouvais.

Un sourire torve distendit la bouche du Péruvien.

— Justement, c'est qui, *on*?

Bolan eut un haussement d'épaules évasif.

— Des gens. Alors, tu les veux, mes dollars, oui ou non?

— Oui.

C'était net. On arrivait à la phase sérieuse de la discussion. Ici, pas question de Hennessy-Glace, mais le barman lui dénicha un reste de Johnnie Walker Black

Label pas trop éventé et l'indic et lui trinquèrent au futur marché.

— Tu cherches quoi, comme type de renseignements ?

Méfiant quand même, le vaurien. Mais on était dans son domaine. Après tout, un indic, c'était d'abord fait pour renseigner. Bolan fit discrètement apparaître un billet de cent dollars entre ses doigts serrés.

— Je veux tout savoir sur les *narcos* du secteur.

Cette fois, il sembla que l'étrange face à deux couleurs du Péruvien allait se ratatiner jusqu'au bout. A force, il allait bientôt en sortir du café au lait.

— Tu serais pas des fois un de ces flics de la DEA ? questionna-t-il soupçonneux.

Bolan se figea.

— Tu dis encore une fois le mot flic, gronda-t-il de sa voix sépulcrale, je me fâche.

— D'accord, d'accord, *amigo* ! Te vexe pas. Tu sais, par les temps qui courent...

— Laisse les temps courir, renvoya Bolan. Et pense plutôt aux affaires.

Une gerbe d'étincelles fusa dans le regard délavé de l'indic. Il venait seulement de noter la valeur du beau billet vert. A Lima, cent dollars, c'était le commencement de la fortune. Surtout dans ce quartier.

— Les *narcos*, hein ! dit-il d'une voix coincée. Comment ça, tu veux tout savoir ?

— Je veux connaître leurs noms, et savoir où ils sont.

Un rictus de dérision apparut sur la face bicolore.

— Les *narcos*, dit-il, je crois qu'ils sont tous à Tingo Maria. Enfin, dans le secteur.

Bolan acquiesça.

— Tu vois, ça commence plutôt bien, notre association. Si tu sais déjà ça, tu dois aussi savoir le reste.

Louchant toujours vers le billet de cent, l'indic prit l'air gêné.

— C'est-à-dire, je sais qu'il y en a quelques-uns, mais...

— Mais ?

— Ben... c'est à peu près tout ce que je sais, tu comprends. Le monde des *narcos*, c'est dangereux.

Il crevait visiblement de trouille, rien qu'à l'idée de

devoir s'investir de ce côté. D'instinct, Bolan l'avait déjà rangé dans la catégorie des planches pourries. Brognola lui avait refilé un tuyau crevé. Involontairement, bien sûr. Mais traiter avec ce genre de type conduisait tout droit aux catastrophes. Visage fermé, il fit mine de rempocher le billet.

— Attends! s'affola le Péruvien. Si c'est pour de la marchandise...

— T'occupe de la marchandise, coupa Bolan. Je veux les noms des *narcos* du secteur et savoir s'ils sont implantés à Lima. Quand tu m'apportes ces renseignements, je t'en file deux autres comme celui-là, promit-il en faisant mine de lâcher le billet.

Vif comme un crotale, l'autre envoya sa main, mais Bolan fut plus rapide et le billet revint comme par magie se loger entre ses doigts.

— J'ai parlé de deux affaires, dit-il.

L'émotion devait être trop forte pour l'indic, car il se versa une nouvelle rasade de Johnnie Walker qu'il avala cul sec. Puis, levant de nouveau les yeux sur Bolan, il laissa planer un court silence, avant de questionner presque timidement :

— D'accord, mais pour le... flingue, quel genre tu cherches?

Visiblement, il pensait que Bolan souhaitait juste se procurer une arme de poing. Dans d'autres circonstances, l'Exécuteur aurait laissé tomber, mais l'indic était son seul contact au Pérou. Il n'avait guère le choix. Pourri ou non, il était obligé d'aller jusqu'au bout.

— Tous les genres, précisa-t-il. Et en quantité.

L'autre lui lança un nouveau regard de côté, versa ce qui restait de Johnnie Walker dans son verre et fit de nouveau cul sec avant de répéter comme pour lui-même :

— En quantité, hein!

Incorrigible. Mais Bolan suivait son idée et il précisa encore :

— Il paraît que tu peux me présenter à un marchand.

— Possible, avoua l'autre en tétant pensivement son verre. Avec Alvaro, c'est possible, mais ça sera pas bon marché. La semaine dernière, je lui ai fait vendre un pistolet à une touriste. A la suite de ça, j'ai entendu dire qu'elle l'avait trouvé très cher. C'était pourtant une Américaine.

Soupir du Péruvien qui enchaîna d'un ton geignard :

— Forcément que c'est cher, *señor*. Ici, avec la Dircote qui fout son nez partout à cause des *terrucos*[1], les armes, c'est comme le caviar. Alors, Alvaro, il est cher, mais c'est un type régulier.

Dans ce domaine, un type « régulier » était un marchand qui ne vous tuait pas pour voler votre portefeuille ou qui ne vous vendait pas tout de suite aux flics. Bolan questionna :

— Ici, à Lima?

— Pas loin d'ici, éluda l'indic, l'air rusé. Mais... mais je l'ai dit, c'est cher.

— Ça, éluda à son tour l'Exécuteur, j'en discuterai avec le marchand. Pour toi, ce sera cent de mieux. Pour le contact.

Au cours du SMIC local, tout ça faisait de quoi nourrir une famille nombreuse pendant toute une saison de famine. Et puis l'indic allait sûrement encore toucher son pourcentage. Vraiment un très bon métier. Une lueur calculatrice passa dans les prunelles délavées.

— C'est pas beaucoup, *señor*, dit-il du bout des lèvres. J'ai énormément de frais.

400 dollars en tout pour deux simples renseignements! Avec une telle somme, il pourrait s'acheter tous les jeunes *chulos* qu'il voudrait. Bolan connaissait ce genre de personnage.

— Alors oublie-moi, dit-il du ton de celui qui n'a pas de temps à perdre.

Il allait remettre les cent dollars dans sa poche, quand Media Negra s'affola :

— Eh, attends, *caballero*! J'ai pas dit que ça m'intéressait pas! C'est d'accord. Je marche.

— Tu marches comment?

— Je... pour tes renseignements, je ferai tout mon

1. Terroristes.

possible, geignit-il. Mais je peux rien te promettre. Ce monde-là, c'est super dangereux, tu sais.

— C'est pour ça que je te paye une fortune.

— Euh, bon... écoute. Je peux rien faire avant demain ou après-demain, mais...

Il hésita un peu et Bolan le pressa :

— Mais?

— Mais pour le marchand, se décida Media Negra, je... je vais lui téléphoner tout de suite. O.K.?

Un peu de sueur faisait briller son front bicolore, ainsi que le dessous de son nez. Signe d'une intense dépense d'énergie. Bolan hocha la tête.

— O.K. Mais magne-toi.

L'attente de Bolan ne fut pas longue. Lorsque l'indic revint, son étrange face rayonnait d'une joie mal contenue.

— Il est là, annonça-t-il d'emblée. Il nous attend, mais il n'a rien sur place. Faut commander.

— Commander!

— Bien sûr. Avec ce qui se passe dans le pays, les armes, il les planque. Mais t'inquiète pas, *señor*, temporisa l'indic. Dans la mesure du possible, il livre sous vingt-quatre heures. T'as une bagnole?

— Non, mentit Bolan.

— Ça fait rien, soupira le Péruvien. On va prendre la mienne. C'est un peu plus haut. A la limite ouest du Rimac.

Un instant plus tard, Bolan se tassait dans une mini-Morris qui avait dû faire la guerre contre le Chili. Heureusement, le siège du passager était un peu moins défoncé que celui du chauffeur. Media Negra mit le contact et, aussitôt, une âcre fumée noire envahit l'habitacle, tandis qu'un vacarme d'enfer s'élevait du moteur.

— Elle est pas jeune, s'excusa l'indic dans un rictus cauteleux. Faudrait que je la change.

Avec ce que Bolan lui avait promis, il aurait de quoi acheter une autre épave moins déglinguée.

— T'occupe, fit l'Exécuteur. Roule.

La Morris quitta le trottoir pour s'engager bientôt dans une sente étroite qui grimpait à l'assaut du bidonville. Au passage, Bolan aperçut des ombres allongées à même la terre battue, à quelques centimètres des tas d'ordures et d'un caniveau naturel où trottinaient allégrement quelques gros rats. Ce n'était pas *Fifth Avenue*. Un spectacle d'absolue désolation, comme l'Exécuteur en avait hélas rencontré trop souvent au cours de ses blitz exotiques. Le Rimac lui rappelait certaines ruelles de Bombay.[1]

En plus sale et plus miséreux. Le périple dura une dizaine de minutes, puis la Morris redescendit par une voie transversale où des bandes de jeunes les regardèrent passer avec des mines franchement réprobatrices.

— Ici, il y a beaucoup de misère, *señor* Marlin.

C'était le moins que l'on puisse dire. Mais la voiture s'arrêtait déjà et l'indic désigna un grand type dégingandé, planté au coin d'une ruelle et qui semblait attendre quelqu'un.

— C'est José, indiqua Media Negra. Il va t'emmener chez son patron. Je t'attends ici. Alvaro n'aime pas que j'assiste à ses affaires.

La confiance régnait!

Bolan suivit donc son guide. Muet comme une carpe, ce dernier l'entraîna dans un dédale puant où des chiens se battaient pour un cadavre de rat et où des ombres glissaient contre les murs de planches. Çà et là, quelques lampes à acétylène brûlaient encore, accrochées sous des auvents de tôle ondulée et des regards méfiants suivaient les deux hommes. Ils arrivèrent enfin devant la façade lépreuse d'une construction en dur où une enseigne indiquait que le nommé Alvaro exerçait le noble métier de barbier. D'ailleurs, sitôt la porte franchie, Bolan nota effectivement des odeurs de savon et d'eau de cologne. C'était toujours mieux que les remugles d'égouts qui flottaient sur tout le Rimac.

— Par ici, souffla son guide en l'entraînant sous une porte basse.

Ils débouchèrent dans une salle encombrée de tout un fatras, mais où l'éclairage était électrique. Une simple ampoule pendue au plafond, qui dispensait une lumière

1. L'Exécuteur N° 96, *Sabordage à Bombay*.

jaunâtre sur la table située juste à sa verticale. Dessous, un petit bonhomme tout maigre, aux cheveux impeccablement séparés par une raie médiane. Très « tango argentin ». Vêtu d'une chemise d'un blanc presque pur et assis dans un fauteuil roulant, le petit homme leva sur Bolan un regard de myope que les verres très épais de ses lunettes rendaient encore plus globuleux.

— Bienvenue chez moi, *señor*, dit-il en tendant une main maigre et presque fragile. Mon nom est Alvaro Gomez. Pardonnez-moi, je ne peux me lever pour vous saluer. Une mauvaise polio.

Comme s'il y en avait de bonnes.

— Asseyez-vous, proposa l'infirme en désignant une chaise face à lui. Puis-je vous offrir à boire? J'ai un excellent Johnnie Walker.

Le nommé Alvaro n'avait strictement rien du marchand d'armes clandestin. Bolan refusa le whisky, entra dans le vif du sujet.

— Votre contact vous a dit ce que je veux?

Le barbier acquiesça avec componction et tandis que José quittait la pièce, il expliqua :

— Avec la Dircote et la Guardia Civil qui fouillent partout à la recherche d'éventuels *terrucos*, je veille à ne jamais traiter le moindre marché en une seule phase. D'abord la commande, la livraison sous vingt-quatre ou quarante-huit heures.

— Media Negra me l'a dit. Qu'est-ce que vous pouvez me proposer?

Alvaro Gomez esquissa un sourire trop éclatant pour être naturel, puis, écartant les mains en signe de bonne volonté évidente, il proposa :

— Donnez-moi votre liste et je ferai en sorte de vous procurer le maximum de ce que vous souhaitez.

Bolan tiqua et le petit homme précisa aussitôt :

— Bien sûr, je n'aurai sûrement pas tout, mais nous ferons au mieux.

— Et pour le règlement?

— Dollars, *señor*. Uniquement des dollars. Demain matin, je vous appellerai à votre hôtel et je vous dirai ce que je pense obtenir. Je vous donnerai également le prix de la transaction et les modalités de livraison. Est-ce que cela vous convient?

Bolan avait l'impression de faire ses emplettes au marché. Il fit oui de la tête, enchaîna :

— O.K. Notez ma liste.

Petit sourire du figaro.

— Une liste orale, *señor*. Vous dites, je note dans ma tête. Ne vous inquiétez pas, j'ai une excellente mémoire.

Bolan l'espérait bien. Il énuméra ce qu'il souhaitait acheter et, à mesure que sa liste passait par les oreilles du barbier, il vit le regard de ce dernier se teinter d'incrédulité. Quand il eut terminé, Alvaro Gomez garda le silence un moment, puis, s'ébrouant comme un chien qui se réveille, il déclara prudemment :

— J'ignore à quel usage vous destinez cet arsenal, *señor*, et je veux continuer à l'ignorer, mais certains de ces matériels seront difficiles à réunir. Notamment les systèmes de visée nocturne. Et cela sera sûrement cher. Très cher, même.

— Sûrement, convint Bolan. Trouvez le matériel et accouchez l'addition, on verra pour la suite.

Sur ces mots, il quitta sa chaise, gagna la porte en déclarant :

— Comme vous le savez certainement, mon nom est Marlin et je suis au *Sheraton*.

Le marchand ne répondit pas. La porte venait de s'ouvrir et José s'était matérialisé dans l'encadrement.

— Je vous appelle demain matin, *señor*, promit Gomez. *Hasta luego*. José va vous raccompagner à votre voiture.

— Inutile, lâcha Bolan en sortant. A demain.

Il se retrouva dans la venelle, entendit une clé tourner dans la serrure du barbier et son cerveau ayant fidèlement mémorisé l'itinéraire emprunté plus tôt, il se mit en route dans la nuit. Parfaitement silencieux sur les semelles de ses Nike montantes, il allait tourner à l'angle de la ruelle quand, soudain, un signal d'alarme sonna sous son crâne. Son regard avait accroché le détail. Une voiture. Une vieille Chevrolet crème, garée tous feux éteints, mais avec son chauffeur au volant.

Police, petits voyous ou vrais pourris?

Instantanément l'Exécuteur avait pris sa décision. A la milli-seconde, tandis que toute la mécanique de son corps d'athlète surentraîné se mobilisait, la voix résonna dans son dos :

— Tu cries, *gringo*, t'es mort.

Une voix glacée. Presque autant que la chose dure qui venait de s'enfoncer dans sa nuque.

CHAPITRE V

— Un geste, *gringo*, t'es mort.

Ce n'était pas la police. Le type parlait trop bas. Comme s'il avait peur d'attirer l'attention des habitants de la *barriada*. Mack Bolan aurait évidemment pu réagir au millième de seconde, mais quelque chose lui disait de laisser faire. Question d'instinct. L'autre ne voulait pas le tuer tout de suite. Bien que cassée, la voix était trop froide. Pas celle d'un de ces demi-sel des bidonvilles qui vous tranchent le bras pour piquer votre montre. Pourtant, il avait commis la faute des « mauvais » pros. Il le menaçait de trop près, se livrant ainsi à une éventuelle riposte éclair. Trop sûr de lui.

— Mario, magne ton cul ! lança-t-il encore dans le dos de Bolan.

Ce dernier avait vu l'ombre de l'autre type. Sur sa gauche. Il entendit un frôlement et il se sentit palpé un peu partout. L'instant d'après, ses dollars changèrent de propriétaire.

— Ça va, ricana l'arrivant. Ce con est seulement bourré aux as.

A cet instant, l'Exécuteur aurait encore pu frapper. Un exercice des milliers de fois répété à l'entraînement. Il était sûr de se les payer. Mais depuis le début, quelque chose lui disait qu'il devait laisser faire, que compte tenu des incertitudes côté Media Negra, le destin allait peut-être ainsi lui fournir un vrai fil conducteur.

— O.K., ricana à son tour la voix cassée en le poussant de son arme. On n'aura pas tout perdu.

Cette fois, son calibre avait quitté la nuque de Bolan pour s'enfoncer dans ses côtes. Un truc sans doute appris au cinéma.

— On va faire un tour, grinça-t-il encore.

Ça aussi, c'était dans la filmographie du polar classique. Sauf qu'au cinéma, le spectateur ne risquait rien.

— Vite ! ordonna l'autre type en poussant Bolan.

Un grand maigre aux moustaches de mongol. Une ombre de sourire erra fugitivement sur les lèvres de l'Exécuteur. Décidément, ses agresseurs étaient pressés de vider les lieux. Le Rimac n'était pas leur monde. Et ils n'étaient ni de la Guardia Civil, ni de la Dircote. En Amérique Latine, les flics n'agissaient pas aussi discrètement et leurs voitures avaient meilleure allure. Bolan était sûr que cet intermède allait lui ouvrir des horizons nouveaux. A condition d'en sortir. Maintenant le type au flingue le poussait en direction de la Chevrolet crème dont les lanternes venaient de s'allumer et dont le moteur s'était mis à tourner. Autour d'eux, des ombres apparaissaient pour disparaître aussitôt. Comme pour lui donner raison, la voix cassée prévint dans son dos :

— Avance, et ferme ta gueule. Les flics ne viennent jamais dans le coin. Et les pouilleux du Rimac n'ont rien à foutre d'un connard de *gringo*. T'aurais pas dû venir traîner par là.

On commençait à y voir plus clair. Docile, Bolan se laissa guider par le « Mongol ».

— Grimpe.

Le « Mongol » venait d'ouvrir la portière pour se glisser à l'intérieur, pendant que l'autre poussait Bolan, l'obligeant à suivre le mouvement. Pour pénétrer dans la Chevrolet, celui-ci devait se baisser. Toujours aussi coopératif, il s'exécuta, se courbant même un peu plus que nécessaire. Au point qu'il pouvait toucher ses pieds.

Dès lors, tout alla très vite.

Tel le ressort d'une mécanique infernale, l'Exécuteur s'était redressé et un éclair avait brillé dans son poing. Un éclair qui avait fulguré vers la gorge de l'essoufflé. Cela fit un bruit presque doux, suivi d'un borborygme hideux. Tout près de Bolan, il y eut un « flop » caractérisque. Un silencieux. Signe qu'on n'avait pas l'intention de lui faire de cadeaux. Mais dans le même temps, l'Exécuteur avait dévié le bras armé de son adversaire. Celui-ci lâcha son flingue au gros réducteur de son, se mit à tournoyer sur lui-même tel un derviche fou, essayant d'endiguer le flot de sang qui s'échappait de sa gorge béante. Simultanément, l'Exécuteur avait plongé à l'intérieur de la voiture et un autre éclair d'acier fondit vers la gorge du Mongol. Ce dernier sentit une brûlure sous son oreille, eut l'impression qu'un courant d'air froid pénétrait dans sa trachée et un voile rouge passa devant ses yeux dilatés de surprise. Puis il entendit des bruits divers, se sentit projeté en arrière et son crâne heurta violemment quelque chose de dur. Déjà, l'Exécuteur avait refermé la portière par laquelle il venait de l'éjecter, et la terrible lame vint instantanément se loger sous le menton du chauffeur. Un balèze aux épaules de monstrueux débardeur qui n'avait pas encore tout compris, quand une voix sépulcrale lui souffla dans l'oreille :

— Lâche ça.

Ça, c'était une grosse crosse en bois qui dépassait de sa ceinture, et sur laquelle sa pogne venait de se refermer. Il y eut comme une hésitation dans les gros doigts du type et Bolan souffla de sa voix d'outre-tombe :

— C'est un bon poignard, tu sais. Un truc pour les chasseurs.

C'était vrai. Le couteau de chasse acheté un peu plus tôt en ville et qu'il avait prudemment glissé dans la tige montante de sa Nike était en bon acier US. Tranchant comme un rasoir. A voir le résultat sur les deux autres, le doute n'était plus possible pour le chauffeur. Sa main revint lentement se poser sur le volant et l'Exécuteur ordonna :

— Démarre.

Tout s'était passé en espagnol. Pour être sûr d'être compris.

Complètement dépassé par la rapidité des événements, le chauffeur lâcha entre ses lèvres serrées :

— *Si.*

Signe que, cette fois, il était dans le coup.

Pendant que la voiture s'engageait dans la pente en direction du fleuve, l'Exécuteur récupéra le revolver que l'autre n'avait même pas eu le temps d'arracher de sa ceinture. Un sublime Ruger Redhawk en acier inox, de calibre 44 Magnum au canon de cinq pouces et demi. Tout neuf. Dommage! Dans la version sept pouces et demi il pouvait recevoir une lunette de visée. Tel quel, pourtant, c'était une œuvre d'art.

Bolan émit un petit sifflement admiratif.

— C'est pour la chasse au lama, ton bijou?

Sans lâcher son volant, le chauffeur s'éclaircit la voix, avant de lancer d'un ton vulgaire :

— T'aurais pas dû faire ça, *gringo*.

C'était un métis d'Indien à la tête massive et au cou de taureau. Visiblement, il n'avait pas digéré l'élimination éclair de ses deux copains et il avait l'air buté d'une vieille mule.

— Pourquoi? s'enquit Bolan. Tu vas m'en vouloir?

L'autre ne répondit pas et l'Exécuteur le fit rouler jusqu'à la sortie sud du Rimac, non loin de l'endroit où il avait quitté Media Negra. Puis l'ayant fait tourner à gauche, il le fit ralentir au pied d'un mur en partie écroulé sur lequel des tagueurs avaient dessiné à la peinture rouge une série de gros attributs virils. Derrière le mur, il n'y avait plus que des gravats. Et d'autres tags. L'un d'eux réclamait *Alto ala militarizacion US*. Ce n'était pas signé, mais le *Sentier Lumineux* était passé par là.

— Coupe le moteur, ordonna Bolan.

— Coupe-le toi-même.

L'autre avait une voix rude. Grincheuse. Pas très malin, mais sûrement dangereux. Bolan pesa un peu sur la lame de son poignard, entamant légèrement la peau du cou.

— Non, renvoya-t-il, doucereux. Toi.

Le balèze hésita, finit par obéir. De très mauvaise grâce. Un têtu, vraiment. Et à voir l'éclat mauvais de ses petits yeux dans le rétro, il était sûrement méchant aussi. L'Exécuteur connaissait ce type d'individu. La mort des deux autres l'avait certes choqué, mais il s'était vite repris. Un dur. Dans sa grosse tête de *chulo*, il devait déjà chercher le moyen de prendre sa revanche. Il fallait le briser. Calmement, Bolan enfonça l'extrémité du canon du Ruger dans la nuque offerte, releva le chien du percuteur. Cela produisit un petit bruit métallique très désagréable et Bolan nota un léger raidissement dans les épaules du costaud. De la même voix presque douce, il assena :

— Je te donne exactement cinq secondes. Une...

— Pour quoi faire?

Il sembla que la voix pourtant toujours rude du chauffeur avait vaguement molli. Bolan résuma :

— Tu dis pour qui tu bosses, tu survis. Tu déconnes, tu meurs. Deux...

— Je sais pas. Celui qui savait, tu l'as buté en premier. C'était le chef.

Allusion à l'homme au réducteur de son. Bolan sauta sur l'occasion.

— Le chef de quoi?

Mais le costaud ne semblait décidément pas aimer les confidences.

— Le chef, répéta-t-il de plus en plus buté. Tonio.

— Et toi, c'est comment, ton nom?

— Raul.

L'Exécuteur hocha la tête, appuya un peu plus le canon du monstrueux 44 dans sa nuque, imprimant même à son poignet un de ces légers frémissements qui inquiètent tant en général.

— Et le nom de votre boss?

— On n'en a pas.

— Comment ça?

— On est indépendants.

— Je vois, fit Bolan.

Il voyait effectivement. L'Amérique Latine regorgeait de ces pistoleros qui se louent au plus offrant. Ce qui fait qu'on les trouve tour à tour aussi bien chez les *narcos* que chez les flics de la Dircote ou au service des unités spéciales comme les *Sinchis* et autres spécialistes antiguérilla. Des sous-barbouzes, en quelque sorte.

— Tu veux vraiment mourir? questionna Bolan.

L'autre esquissa un haussement d'épaules.

— Non.

C'était sans équivoque. Sans panique non plus. Celui-là était un vrai dur ou un parfait imbécile.

— Tu peux encore sauver ta peau, insista l'Exécuteur.

D'une part, il aurait bien aimé soutirer quelque menues informations, d'autre part, il n'aimait pas tuer un type sans une vraie raison. Il insista encore :

— Pourquoi les deux autres me sont-ils tombés dessus?

— Tonio avait des ordres.

— Quels ordres?

— On devait t'attendre à la sortie de chez le barbier et t'embarquer.

— Pour quoi faire?

— Te cuisiner. Tonio devait te faire dire ce que tu voulais foutre dans le secteur avec ces armes et surtout pour qui tu bosses.

Toujours les mêmes trucs, dans tous les camps.

— Ensuite, vous deviez me buter?

— Je crois que oui.

Bolan ne s'était pas trompé. Le réducteur de son du « chef » n'était pas là pour faire joli. Au Pérou, le méchants étaient décidément très méchants.

— Qui lui a dit que je cherchais des armes et que je serais là ce soir, à ton chef?

Sûrement pas le marchand d'armes, qui lui avait d'ailleurs proposé de le faire raccompagner par José. Il n'aurait pas mouillé son commis dans un guet-apens. Restait Media Negra, mais pourquoi l'aurait-il trahi, surtout avant de toucher tout son fric? Le métis eut un nouveau haussement d'épaules.

— Je sais rien de plus. Je t'ai tout dit.

— C'est insuffisant.

De nouveau, le canon du Ruger avait frémi dans le poing de l'Exécuteur. Redoutable. A bout portant, une balle de 44 Magnum ferait littéralement exploser une tête humaine.

— J'ai tout dit, grogna le *chulo*. Tu peux me buter tout de suite.

— Sûr?

Cette fois, l'index de Bolan avait enfoncé la détente du 44. Jusqu'à la première bossette. Cela provoqua un autre petit bruit. Plus doux. Plus inquiétant aussi. Dur pour les nerfs.

— Il ne m'en faudrait pas beaucoup, tu sais, dit encore Bolan, presque amical. Juste un petit truc qui me calmerait, si tu vois ce que je veux dire.

Bizarrement, il éprouvait presque de la sympathie pour cette force de la nature. Et aussi un peu d'admiration. Il n'avait jamais rencontré un type aussi peu émotif dans ce type de circonstance extrême. L'autre se taisait toujours, sans cesser de le fixer dans le rétro de ses petits yeux méchants. L'Exécuteur soupira :

— O.K. Tu l'auras voulu.

Son index fit de nouveau bouger la détente. La dernière chance. Il n'avait pourtant plus très envie de tirer.

— Attends.

A peine si la voix du type s'était un peu tendue.

— Attendre quoi?

Une dernière hésitation du *chulo*, puis :

— T'as du fric?

L'Exécuteur haussa un sourcil étonné.

— Du fric?

— Des dollars.

— Pourquoi tu demandes ça?

Sans la moindre émotion apparente, le balèze expliqua :

— On a raté ton affaire et t'as buté les deux autres. Si tu me butes pas, ça voudra dire que j'ai parlé. Alors, j'aurai intérêt à mettre les voiles. Très loin. Mais sans fric...

— Je peux très bien te buter quand tu auras parlé. Histoire de faire des économies.

— Non.

— Non?

— T'es pas le genre. Si je cause, je sais que tu paieras.

— Ça dépend.

— De quoi?

Bolan avait l'impression d'être au souk. Il précisa :

— Ça dépend du prix, et de la valeur de tes infos.

— De *mon* info.

— Hein?

— T'as bien compris. J'ai qu'une seule info à te vendre. Et pas grosse, encore.

Au moins, il ne vantait pas sa marchandise, le flingueur.

— J'ai qu'une info, précisa-t-il, et je devrais même pas être au courant. Parce que Tonio traitait toujours seul avec les clients.

— Et c'est quoi, ton info?

— Mille dollars.

— Quoi?

— Je veux mille dollars. Sinon, tu peux envoyer la sauce tout de suite.

Malgré sa grande habitude du monde des pourris, Bolan était estomaqué. L'autre était un sacré flambeur. Il était en train de jouer sa peau sur un numéro plein.

— Qui te dit que j'ai mille dollars?

— Quand on va voir un marchand d'armes, on a toujours beaucoup de dollars sur soi.

Il ignorait que ses deux copains avaient fait les poches de Bolan et que celui-ci n'avait pas eu le temps de récupérer son fric.

— Et si je ne les ai pas sur moi?

— Tu me donnes ta parole, tu me dis où et je viens les chercher demain.

On aurait tout vu! L'Amérique Latine était vraiment un autre monde. Mais Bolan avait réellement besoin de tous les renseignements possibles pour essayer de retrouver la trace de Zino Ferra.

— C'est O.K., dit-il. Mais pour cinq cents. Et je garde le Ruger.

— O.K., accepta aussitôt le *chulo*.

Il n'avait guère le choix.

— Annonce la couleur, intima Bolan.

— *La Luna*.

— Quoi, *La Luna*?

— Une boîte à entraîneuses de Villegas. C'est là que Tonio rencontrait le type qui t'intéresse. Un bon client. On a déjà pas mal travaillé pour lui.

— Le nom du client?

— Ça, j'en sais rien. Je t'ai prévenu que je savais pas grand-chose.

— C'est le moins qu'on puisse dire.

— Peut-être encore...

— Quoi?

— Le mec en question, je l'ai entendu une fois au téléphone. Une voix de gonzesse. Avec un cheveu sur la langue.

A Lima, il ne devait pas être le seul.

— C'est tout?

— C'est tout, lâcha le pourri sur le même ton buté. Tu les donnes, les cinq cents?

Un renseignement qui ne valait pas dix dollars! Mais Bolan avait au moins gagné le 44 Magnum. Plantant son regard minéral dans le rétro, il répondit :

— Pour les cinq cents, c'est O.K., dit-il en mettant à jour une des deux liasses de cent dollars qu'il avait prudemment glissées dans ses hauts de Nike.

Des liasses qui, à l'instar du poignard, avaient échappé aux deux autres flingueurs.

— Mais si tu m'as doublé, prévint-il, tâche de ne plus croiser ma route.

Il jeta cinq billets sur le siège avant et il allait quitter le véhicule, quand il se ravisa pour lâcher sa dernière question :

— Au fait, Media Negra, tu connais?

Pour la première fois, l'autre tourna ses petits yeux vers l'arrière. Des yeux extrêmement méchants. A croire que Raul haïssait l'humanité entière.

— Je connais tous les enculés de Lima, répondit-il mauvais. Media Negra, c'est l'enculé en chef.

Au moins, Bolan était prévenu.

Un moment plus tard, lorsqu'il arriva à l'endroit où il avait quitté l'indic, la mini-Morris avait disparu.

Il s'en était douté.

Il rejoignit sa Seat de location, s'installa au volant et

démarra. Il n'avait plus qu'une envie, se glisser dans une paire de draps. A chaque jour suffit sa peine. Mais alors qu'il contournait la Plaza de Armas et sa statue équestre de Francisco Pizarro, son instinct l'alerta pour la deuxième fois de la soirée.

Un instinct qui ne le trompait jamais.

CHAPITRE VI

C'était une voiture foncée. A cause de la distance et de la nuit, l'Exécuteur ne pouvait en déterminer la marque. Mais après trois manœuvres de contrôle, il était maintenant certain d'être suivi.

Par qui? Pourquoi?

Par des potes de Raul qu'il n'aurait pas dépistés à temps? Peu probable, ils l'auraient allumé dès le début des hostilités. Par les flics? Dans ce domaine, tout était possible. Bien sûr, dans la circulation encore relativement intense qui encombrait l'immense cité, Bolan aurait pu essayer de semer ses nouveaux « anges gardiens », mais ça n'aurait sans doute servi à rien. *On* devait déjà savoir à quel hôtel il était descendu. Un hôtel devant le parking duquel il arriva une bonne quinzaine de minutes plus tard, toujours filé par l'autre véhicule. Sans chercher à ruser, il gara la Seat, et, tandis qu'il se dirigeait vers les grandes portes de verre du *Sheraton*, il vit le véhicule en question contourner le Paseo de la Republica pour repartir dans l'autre sens. Une Ford. Presque aussi vieille que la Chevrolet de Raul. Pas une bagnole de flics. Avec un seul homme à bord.

Une Ford qui disparut très vite.

— Je vous jure sur la Madone, *señor*! Je vous jure sur tous les saints du paradis que je n'y suis pour rien! Trois types sont arrivés dans une Chevrolet et m'ont dit de me tirer vite fait. Alors...

— Alors, coupa Bolan, tu t'es tiré.

— *Si! Si, señor*! C'est exactement ça.

Il n'était que neuf heures du matin et Bolan s'apprêtait à prendre sa douche. A Lima, le téléphone arabe fonctionnait vite et bien. A peine l'indic avait-il appris qu'il était indemne qu'il avait décroché son téléphone. Il en avait même oublié le fameux tutoiement hispanique.

— C'est tout ce qu'ils t'ont dit, ces types?

— Euh, non. Ils ont dit aussi que « maintenant, ils s'occupaient de vous ».

Evidemment, ça pouvait tout vouloir dire.

— O.K., renvoya Bolan. Tu m'appelles pour quoi?

— Ben... pour savoir si vous allez bien.

— Je vais bien. Et ensuite?

— Et aussi pour savoir si vous avez réussi à faire affaire avec mon ami le barbier.

— T'occupe pas de ça. Ensuite?

— Je... pour vous dire que... enfin, que je suis sur une piste, pour vos renseignements.

— A la bonne heure! Et tu le sauras quand, si elle est bonne, ta piste?

L'indic marqua une hésitation.

— Je pense que... peut-être ce soir, peut-être demain...

— O.K., coupa Bolan. Rappelle-moi quand tu auras du nouveau.

Il avait déjà raccroché que Media Negra n'avait pas fini de répondre. Mais il avait besoin du téléphone. Un téléphone qui sonna de nouveau, presque aussitôt.

— *Señor* Marlin?

Bolan aurait reconnu la voix du marchand d'armes entre mille.

— *Si*.

— J'ai presque tout votre matériel, *señor*.

— Presque?

— Deux ou trois bricoles introuvables en ce moment. Notamment le XM. 148, *señor*. Trop demandé et difficile à réapprovisionner. Mais en revanche, j'ai réussi à obtenir une Land-Rover et ces lunettes que vous désiriez. Avec beaucoup de difficultés, *señor.* Beaucoup.

Ce qui, en clair, signifiait : « Ça va vous coûter un max ! »

— O.K. Vous livrez où et quand ?

— Ce soir, si vous voulez. Enfin, c'est mon commis qui se chargera de ça. Sur la route de l'aéroport. Au bout du chemin des entrepôts frigorifiques *Celtic.* La Land-Rover et son chargement vous attendront à minuit et un de nos hommes se chargera de ramener votre voiture en ville. Si vous le souhaitez, il la déposera lui-même chez votre loueur.

Le *señor* Gomez faisait bien les choses.

— Evidemment, *señor*, reprit le marchand, tout ce matériel fera assez cher.

— Combien ?

— Vingt-cinq mille dollars, *señor.* Plus dix mille pour la Land-Rover.

— C'est effectivement cher.

— Et encore, je vous fais un prix, *señor.* Mais vous verrez, la Land est quasiment neuve.

— J'espère que *tout* est *quasiment* neuf, corrigea Bolan. D'accord pour ce soir, minuit.

Il allait raccrocher, mais le Péruvien n'en avait pas fini :

— *Señor* !

— *Si.*

— J'ai appris, pour vos difficultés de cette nuit, fit prudemment le marchand d'armes.

Il savait donc aussi les « difficultés » rencontrées par ceux de la Chevrolet.

— Et alors ?

— Vous auriez dû laisser José vous raccompagner, *señor.*

Bolan questionna :

— Ce genre d'avatars arrive souvent à vos clients ?

— Non, non, *señor* ! Jamais ! Je n'y comprends rien !

— Vous n'avez pas été inquiété, vous ?

Un petit rire presque doux résonna dans le combiné.

— Ils ne se le permettraient pas, *señor.* Des gens

comme moi leur sont bien trop précieux. Eux aussi ont besoin de matériel.

— Qui ça, *eux*?

Alvaro Gomez garda le silence un instant, avant de laisser tomber :

— Désolé, *señor*. Mon travail, c'est le commerce. Je ne m'occupe que de ça.

Un « commerçant » qui vivrait sûrement vieux. Ce qui, entre la mafia locale, les petits gangs rivaux qui foisonnaient dans le secteur et les excités du *Sentier Lumineux*, constituerait un bel exploit.

— O.K., fit Bolan. A ce soir.

Il raccrocha, se dirigeait vers la salle de bains pour prendre enfin sa douche, mais la sonnerie du téléphone l'arrêta de nouveau. Intrigué, il décrocha pour la troisième fois.

— *Buenas. Quien habla?*

— *Señor* Marlin?

La voix était fluette, presque précieuse. Et elle roulait fortement les « R ».

— *Si*, répondit Bolan, soudain intéressé.

Il y eut une série de parasites, puis comme une respiration, avant qu'un déclic suivi de la tonalité « occupé » ne résonne dans l'écouteur.

Bref contact.

Une ombre de sourire erra fugitivement sur la face granitique de l'Exécuteur. Visiblement, *on* commençait à s'émouvoir de sa présence à Lima. Forcément. Deux morts et un tueur en fuite, ça faisait désordre. Désormais, il n'était plus question de sortir tout nu. Finalement, le beau Ruger 44 de Raul ne serait peut-être pas de trop. Le problème résidait dans le volume de l'arme. Pas vraiment discret. Heureusement, bien que cité tropicale au climat plutôt moite, Lima n'était pas un endroit trop chaud et son ciel perpétuellement gris ne rendait pas le port d'un blouson absolument ridicule. Surtout le soir, quand la brume qui y stagnait en permanence retombait à son plus bas plafond.

Bolan se sentait devenir frileux!

Un peu plus tard, quittant l'hôtel, il fit un peu de

« tourisme » motorisé entre le musée d'Art et le Théâtre municipal, où, bizarrement, des patrouilles de la Guardia Civil circulaient un peu partout. Sans doute le *Sentier Lumineux* qui avait fait des siennes quelque part. Plus tard, roulant au hasard des rues dans le quartier résidentiel de Miraflores et de ses villas cossues, il croisa deux autres patrouilles. Ici, on était loin du Rimac et autres *barriadas* fangeuses. Comme partout dans le monde, on veillait à la sécurité des nantis.

Aux environs de 13 heures, surveillant toujours ses arrières, il repéra enfin son suiveur.

La Ford de la veille au soir roulait bien dans son sillage avec son unique occupant. Habillé de clair, apparemment costaud, il gardait la distance de sorte que Bolan ne pouvait pas distinguer ses traits.

S'étant sans doute senti deviné la première fois, son conducteur avait dû redoubler de précautions cette fois-ci. Mais il en aurait fallu beaucoup plus pour échapper à la vigilance du guerrier solitaire. Comme celle de la jungle vietnamienne quelques années plus tôt, la guerre en milieu urbain était devenue sa spécialité. Dans ce domaine, toutes les cités du monde se ressemblent. Toutes recèlent les mêmes pièges et la mort peut guetter le meilleur combattant à chaque coin de rue. Aussi Bolan n'avait-il pas un instant relâché sa vigilance. Coincé entre le siège et lui, le redoutable 44 Magnum pouvait cracher son cataclysme de mort à tout moment. Mais pas une seule fois, il ne fit mine de rompre la filature. Comme s'il n'avait rien remarqué. Règle incontournable dans toute guerre, il fallait endormir la méfiance de l'adversaire. Ce qu'il fit jusqu'à son retour au *Sheraton*. Il remisa la Seat au parking, nota du coin de l'œil que la Ford disparaissait de nouveau après avoir fait le tour du Paseo de la Republica.

Un filocheur qui aimait ses habitudes.

Décidé à tuer le temps le plus agréablement possible avant le déclenchement des vraies hostilités, Bolan fila au bar où le barman hilare se précipita sur lui.

— Hennessy-Glace, *señor*?

La recette était simple et lui plaisait décidément beaucoup. Bolan refusa, préférant pour changer un Johnnie Walker *on the rocks* fortement additionné d'eau. Breuvage qu'il sirota en dégustant un *cebiche*, ce plat typique, composé de diverses variétés de poissons et de coquillages marinés dans le citron vert mêlé d'oignons et d'*aji*, ces petits piments jaune qui font l'ordinaire de tout Péruvien. Ayant terminé son *cebiche*, il tapa un petit cigarillo au barman complaisant pour l'écraser après quelques bouffées trop âcres à son goût. Puis, surveillant toujours son environnement, il allait faire un tour à la piscine, quand un groom passa, brandissant un écriteau sur lequel le nom de Marlin figurait.

On le demandait au téléphone.

Il se fit basculer la communication dans sa chambre où, aussitôt le combiné décroché, il entendit la voix de Hal Brognola :

— John! s'exclama le fédéral qui était parfaitement au courant de son identité d'emprunt. Quel temps tu as, là-bas?

Vieux code entre eux pour communiquer en clair. A défaut d'avoir joint Bolan par téléphone, il lui aurait fait parvenir un message de la même veine.

— Couvert, vieux, résuma Bolan. Je navigue à vue.

— Tu n'as pas contacté notre P.A?

Pilote automatique. Allusion à Media Negra.

— Si, répondit Bolan. Mais il me semble déréglé.

— Je vois.

Brognola se tut un instant et Bolan alla se poster devant la baie vitrée, d'où on apercevait une partie de la piscine et il la vit. La femme au pendentif en forme de masque inca. Pas plus que la première fois il ne put voir son visage tourné dans l'autre sens, mais son corps moulé dans le maillot une pièce noir était toujours aussi sublime. Mais, cette fois, elle n'était pas seule. Un grand type baraqué en costume beige et au crâne chauve discutait avec elle.

Le rappelant à ses moutons, Hal Brognola questionna :

— Aucune nouvelle de nos amis?

Sous entendu, Janet Finley et Franck Reynolds.

— Aucune, vieux, avoua l'Exécuteur. Mais je commence à sonder. Je te tiendrai au courant.

— Jack demande si tu as besoin de lui.

— Je ne sais pas encore. Je lui ferai signe.

— Attends, reprit le fédéral. J'ai du nouveau concernant notre filleul.

Cette fois, il faisait allusion au « filleul » du « parrain », Michele Greco. Son lieutenant, Zino Ferra.

— Il va bien? questionna Bolan.

— Mieux que bien, John. Ses affaires sont florissantes. Comme je le pensais, il a pactisé avec la concurrence et s'est installé en zone industrielle.

En clair, Zino Ferra était enfin localisé. Dans le secteur des autres *narcos*, à Tingo Maria. Ça commençait effectivement à être intéressant.

— J'en suis heureux, répliqua Bolan. Je vais tâcher d'aller lui dire bonjour.

— O.K. Embrasse-le pour moi.

Bolan esquissa un sourire.

— Compte sur moi.

Quand Brognola eut raccroché, la femme au pendentif inca et le costaud avaient disparu. L'Exécuteur demeura songeur un moment. Maintenant, il savait ce qu'il avait à faire. Restait à réceptionner ses armes et à trouver un véhicule capable d'affronter à la fois la jungle et la guerre. Mais avant de passer à l'action, il lui resterait une autre tâche à accomplir. Un travail délicat et tout aussi dangereux qu'un blitz déclaré : « fixer » très précisément la retraite de l'ex-lieutenant de Greco. Car autour de Tingo Maria, c'était la jungle. La vraie. La *selva* amazonienne. A défaut de précisions complémentaires, y dénicher Ferra ne serait pas une partie de plaisir.

La fameuse aiguille dans la botte de foin.

CHAPITRE VII

— Tout est là, *señor*. Enfin, presque tout.

Bolan fronça les sourcils. Après un assez long périple sur la route de l'aéroport pour vérifier que la mystérieuse Ford foncée n'apparaissait pas dans son sillage, il avait enfin trouvé le chemin menant au point de contact et il venait de stopper la Seat à côté de la Land-Rover, apparemment le seul véhicule arrêté dans le secteur. Mais, du coin de l'œil, il avait repéré la grosse limousine sombre dissimulée à l'abri d'un auvent, juste derrière un talus formant écran, à quelques mètres du grillage d'enceinte des entrepôts *Celtic*. Prévenu par son instinct de guerrier, il avait également surpris un très pâle éclair dans la nuit. Le canon d'une arme. La main discrètement posée sur la crosse du Ruger 44 Magnum, il questionna en indiquant la voiture planquée :

— Ils sont avec toi ?

— *Si, señor*, répondit seulement José.

Tout bon marchand d'armes qui se respecte doit aussi se faire respecter. Il y a parfois des clients mauvais payeurs.

Revenant à son affaire, l'Exécuteur fit remarquer :

— Tu as parlé de « presque tout » ?

Le commis ouvrit la porte arrière de la Land-Rover, s'arrachant un sourire commercial aux allures de rictus de hyène.

— Il manque le XM.148 et le Beretta 92F, *señor*.

Bolan grimaça et le Péruvien enchaîna aussitôt :

— C'est que depuis quelque temps, les armes US sont très demandées, *señor*. Les stocks s'épuisent.

Avec les soubresauts perpétuels de l'Amérique Latine, ce n'était pas étonnant. Soulevant une bâche, José découvrit deux cantines de tôle vert-de-gris, posées sur le plancher de la Land.

— Le *señor* Gomez a quand même réussi à dénicher la mitrailleuse M.60 que vous vouliez, fit-il valoir. Pas vraiment neuve, mais en parfait état de fonctionnement.

Un peu lourd comme arme individuelle, mais c'était déjà ça. Bolan questionna :

— Et pour le Beretta?

L'autre écarta les bras dans la lueur des veilleuses de la Land.

— En principe, ici, les armes italiennes sont quasiment inconnues, *señor*. Bien sûr, précisa-t-il, maintenant que le Beretta 92F va remplacer le Colt 45 dans l'armée US, il devrait être plus facile d'accès au marché parallèle. Mais cette dotation est encore trop récente. Il faut attendre un peu.

On se serait cru dans la boutique d'un innocent armurier.

— C'est fâcheux, commenta Bolan.

José s'anima de plus belle.

— Le *señor* Gomez a veillé à remplacer ces deux articles de façon avantageuse, affirma-t-il avec un air de totale bonne foi. Sans presque augmenter le prix. Regardez plutôt, *señor*. Il n'y a qu'à faire sauter les couvercles.

Bolan se pencha vers l'intérieur de la Land-Rover, souleva le panneau supérieur de la première des deux cantines, écarta du papier gras, alluma la petite torche Mag-Lite achetée en même temps que le poignard de camping et découvrit une partie de son arsenal.

Côté armes de poing, un bon vieux Colt 45 Combat Commander et ses chargeurs de 45 ACP, un non moins bon vieux Browning Grande Puissance et ses chargeurs de 9mm à capacité de quatorze cartouches, un petit Bodyguard Smith et Wesson N° 38, en alliage léger, au barillet de cinq cartouches de 9mm, avec son canon de deux pouces et son chien protégé pour tirer à travers la poche, plus un redoutable et légendaire Colt Python 357 Magnum, version nickelée, au canon de quatre pouces.

Une arme à la fois performante pour le tir en stand et pour l'usage de police. Un long tube noir enveloppé dans une pochette plastique voisinait avec le tout.

— Réducteur de son, commenta José. Pour le Browning GP, *señor*. C'est parfois plus commode.

Et comment !

Dans la même caisse se trouvait également la fameuse M.60 demandée par Bolan, avec quelques bandes-chargeurs de cinquante cartouches de 7, 62 mm et son trépied. José qui suivait l'inspection de Bolan précisa en désignant d'autres caisses, de format plus allongé, qui tapissaient le fond du container :

— Il y a encore des bandes-chargeurs là-dedans, *señor*. Une trentaine. Plus les grenades défensives. Une vingtaine.

Il n'avait même pas l'air intrigué par toutes ces quantités capables de soutenir un siège. A croire qu'il en livrait autant quotidiennement. Il faut dire qu'au Pérou...

— Faisons vite, *señor*, pressa José en soulevant lui-même le couvercle de la deuxième caisse. En ce moment, la Guardia Civil fait des rondes et...

— Arrête de chialer, gronda Bolan.

Il venait d'écarter les papiers huilés de la deuxième caisse et il faillit pousser un sifflement d'admiration en découvrant le SMAW. Le Shoulderlaunched- Multi-purpose Assault Weapon, copie US quasi-conforme du lance-missiles B.300 israélien. Un engin dont la roquette de 82 mm était capable de transpercer des blindages de 300 mm et de détruire un blockhaus et ses occupants. Une arme polyvalente à ne pas mettre entre toutes les mains. Pour quelqu'un qui avait des difficultés à se procurer du matériel US, le *señor* Gomez ne se débrouillait pas si mal. D'autant que sous le SMAW, d'autres emballages renfermaient divers matériels tout aussi performants. Tel un Ingram M.10, plus petit PM du monde, qui lâchait les trente ogives de 9mm de son chargeur à la cadence de 900 coups/minute, lui aussi fourni avec réducteur de son, et un fusil à pompe SPAS, à crosse repliable et de calibre douze, modèle compact de Franchi, au chargeur de six cartouches. Un engin dévastateur en combat rapproché, dont l'esthétique avant-gardiste et le bruit de l'armement de culasse faisait déjà paniquer l'ennemi.

— Les cartouches sont dessous, intervint de nouveau José. Cent cinquante à chevrotines de neuf plombs et cent à balle Brenneke. Avec dix boîtes de cent cartouches de 357 Magnum pour le Python et vingt boîtes de 9mm pour l'Ingram.

De quoi transformer tout un bataillon de *soldati* locaux en steak tartare.

— Et pour remplacer le XM 148, le lance-grenades de 40 mm qu'il n'a pu se procurer, déclara José avec une certaine emphase, voilà ce que le *señor* Gomez a prévu.

Il tira à lui une autre boîte en bois, mais verni, que les deux containers avaient jusqu'alors dissimulée. Tel l'officiant d'un rite religieux, il l'ouvrit, mettant à jour une arme étrange aux éléments démontés et rangés dans des alvéoles capitonnées.

— AM-180, récita-t-il fièrement.

Cette fois, Bolan était bluffé. Il connaissait l'AM-180 de réputation, mais il n'avait encore jamais eu l'occasion de l'utiliser. Le nec plus ultra. Une espèce de combiné entre le PM et la carabine, équipé d'un boîtier à rayon laser fixé sous le canon et d'un chargeur « camembert » qui, selon le type de ses cartouches, pouvait cracher ses cent ogives de 22 mm de 1400 à 2150 coups/minute. Une arme aux effets dévastateurs, dont certains rares services de police US étaient déjà expérimentalement dotés. Il suffisait d'en activer le laser, de pointer la tache rouge issue du système sur la cible et de lâcher la sauce. La mort faisait le reste.

Avec ça, le tartare serait très saignant.

— Il vous plaît, *señor?* demanda presque timidement le commis.

Bolan se contenta de hocher la tête et José ajouta :

— Pour l'AM-180, outre la lunette de visée infrarouge que vous aviez souhaitée pour le XM.148, le *señor* Gomez fournit vingt boîtes de cent cartouches de 22. De type *metal piercing*.

Des balles à très haute vitesse initiale et spécialement chemisées, capables de traverser le béton et l'acier. De pures merveilles, malgré leur petit calibre.

— Et voici les chargeurs supplémentaires, ajouta le commis du marchand. Dix pour l'Ingram, cinq pour le Browning. Quant aux missiles de 82, il y en a six, dans les deux petits containers à part, ainsi qu'une lunette de visée de jour 3X9 Leatherwood, une paire de jumelles de jour et le poignard *Attack Survival* que vous avez demandé. Pour le matériel de vision de nuit, outre une paire de jumelles à infrarouge classique, voici ce que nous avons trouvé de mieux.

Il ouvrit une autre boîte en bois verni, découvrant à la vue de l'Exécuteur un appareil aux allures futuristes, qui tenait à la fois du masque de plongée et de la face de cyclope. Avec un objectif ressemblant à celui d'un appareil-photo et deux sangles pour maintenir le tout en place sur la tête et devant les yeux.

— Système I.L. haute définition, *señor*, vanta encore le commis. Un procédé d'intensification de lumière des plus performants.

Bolan connaissait. C'était le genre de matériel qui équipait les unités SWAT en mission de nuit. Ça, plus l'AM-180 à lunette infra et visée laser... les *amici* de Zino Ferra devraient se souvenir de ce blitz. A condition que l'Exécuteur leur tombe dessus.

Ce qu'il allait essayer de faire.

— O.K., laissa-t-il tomber en sortant les liasses de sa poche. Tu diras à ton boss qu'il s'est bien débrouillé.

Il fallait toujours encourager les bonnes volontés.

— Pour ce prix-là, ajouta-t-il en fourrant le paquet de dollars dans la main du commis, j'espère que tu as fait le plein de la Land.

— Bien sûr, *señor*, se rengorgea José. J'y ai veillé personnellement. C'est même un excellent carburant. Pas une seule goutte d'eau dedans.

Ce qui, en Amérique Latine, n'était pas si évident. Il n'était pas rare en effet de voir toutes sortes de véhicules arrêtés sur le bord des routes, victimes de ce type de « panne sèche ». Y compris parfois les voitures de la police.

— Vous trouverez le radiotéléphone sous le tableau de bord, fit encore valoir José. Son double est emballé, sous le siège du passager. Matériel japonais. D'occasion, mais excellent. Je l'ai essayé moi-même.

— Ça va, fit Bolan en désignant la limousine sombre aperçue plus tôt. Tu peux dire à ton flingueur de service de venir prendre la Seat.

— *Si, señor.*

José poussa un léger sifflement et un instant plus tard, l'ombre colossale d'un type fit son apparition. Une ombre qui passa dans le rayon des feux de la Seat et l'Exécuteur fronça les sourcils.

— *Buenas noches, señor*, lança le type d'une voix rèche.

Raul ! Le gigantesque Raul, avec sa frange noire, sa face butée et ses petits yeux très méchants. Du coup, le *chulo* lui donnait à présent du *señor* long comme le bras.

— Tu as trouvé à te recycler? questionna Bolan.

— *Si, señor*, répondit le colosse de son ton revêche. Le *señor* Gomez avait besoin d'un employé.

Employé ! On aurait tout entendu ! Dans cette optique, on pouvait imaginer pour bientôt la sécurité sociale pour les flingueurs. Tandis que le *chulo* casait péniblement sa monstrueuse carcasse dans la Seat, l'Exécuteur s'enquit encore :

— Tu ne crains pas les représailles de tes anciens employeurs?

— *No, señor*. Personne ne ferait d'ennuis à un homme du *señor* Gomez.

Les sentiers du monde souterrain local étaient décidément bien tortueux. Et pour un type qui devait fuir très loin, Raul ne s'était pas foulé. En tout cas, Bolan s'était fait avoir de cinq formats de cent.

— Où je la laisse, la Seat, *señor?*

Oubliant les beaux billets verts, Bolan lui donna les coordonnées d'Avis, précisa :

— Tu leur dis que je passerai pour les formalités.

— *Si, señor.*

La Seat partie, Bolan grimpa au volant de la Land, et tandis que José gagnait à son tour la limousine, il aperçut une autre silhouette qui rejoignait la limousine. Le type au fusil aperçu plus tôt, et qui s'engouffrait lui aussi dans la voiture. Opération couverture terminée.

Sur la route du retour, Bolan croisa une patrouille de la Guardia Civil, dont l'équipier du chauffeur envoya un long rayon de torche électrique en direction de la Land. Au passage, la lumière inonda le profil de Bolan et celui-ci sentit monter un petit malaise en lui. S'il tombait sur un contrôle à présent, il pouvait dire adieu à son blitz péruvien.

Et bonjour aux méga-problèmes.

Mais la patrouille avait sûrement d'autres chats à fouetter. Le rayon lumineux dévia et la voiture de police accéléra pour remonter en direction de Miraflores. Conservant son allure de sénateur, Bolan aborda bientôt le quartier de Villegas sans être davantage inquiété. Mais dix minutes plus tard, alors qu'il traversait l'Avenida Argentina pour rejoindre le centre de Lima, son regard fut attiré par le coup de phares d'une Toyota qui le croisait à cet instant. Dans le rétro, il vit que le coup de phare s'adressait en fait à une autre voiture située derrière lui et qui, beaucoup plus bas, remontait sa file de véhicules. L'appel de phares de la Toyota n'avait eu pour but que de prévenir celle d'en face qu'elle arrivait. Manœuvre banale partout dans le monde, mais qui alerta l'Exécuteur. Car une fois déjà, en abordant Villegas, son regard avait enregistré une manœuvre identique de la part d'un véhicule situé dans son dos. Son esprit l'avait alors noté sans s'en émouvoir, car la voiture en question n'était pas la Ford déjà repérée, mais une Seat identique à la sienne. De couleur foncée.

Comme celle qui venait de se rabattre vingt mètres derrière lui. Par acquit de conscience, il tourna dans la première rue à droite, vérifia que l'autre Seat en faisait autant un instant plus tard. Il était de nouveau suivi. Restait à savoir pour le compte de qui, depuis quand et surtout : pourquoi.

Il se posait toujours les mêmes questions, quand le parking du *Sheraton* se profila et il se gara tranquillement, attendant de voir ce qui allait se passer. Un instant plus tard, contre toute attente, il vit la Seat aborder également le parking et se garer tout aussi tranquillement à l'autre bout de l'esplanade. Puis il vit ses feux s'éteindre et il décida d'attendre pour voir qui en descendrait.

Personne.

Après une minute de vaine attente, il passa à l'arrière de la Land, trouva les jumelles à infrarouge livrées par José, revint au volant et porta l'instrument à ses yeux. Aussitôt la mise au point faite, une image légèrement teintée et aux contours irisés lui apparut, révélant la Seat. Malgré l'angle de vision incommode, Bolan parvint à distinguer ses occupants et ses sourcils marquèrent un frémissement de surprise.

Un homme et... une femme!

Sans qu'il puisse vraiment discerner leurs traits, il comprit qu'ils discutaient et que la femme semblait ne pas être d'accord avec l'homme. Finalement, il vit le type allumer une cigarette, tandis que la femme quittait la Seat, un cabas sombre accroché à l'épaule. Malheureusement, elle était de dos et il ne pouvait toujours pas voir son visage. Mais alors qu'il imprimait une légère correction de mise au point, son angle de vision bougea de quelques degrés. Mouvement anodin qui n'aurait dû avoir aucune conséquence, mais à la seconde où il allait revenir sur l'inconnue de la Seat, la sonnerie d'alarme résonna brusquement dans son cerveau. Il venait de repérer *l'autre* voiture.

Et dès lors, tout se précipita.

C'était une vieille Corvair de teinte claire. Et sur les quatre hommes que l'Exécuteur venait d'apercevoir à l'intérieur, trois en avaient jailli pour fondre sur l'inconnue.

Des flics? Autre chose? Bolan ne bronchait pas.

Tandis que les deux premiers types encadraient la femme en l'empoignant par les bras, le troisième s'était avancé vers la vitre ouverte de la Seat et, brusquement, son bras s'était détendu dans l'ouverture. Un bras prolongé par un objet sombre que Bolan identifia immédiatement : un automatique.

Un pistolet équipé d'un réducteur de son. L'Exécuteur vit le conducteur de la Seat lancer les mains en avant dans un dérisoire mouvement de protection, puis l'arme du type tressauta violemment.

Trois fois.

Ce n'était probablement pas la police. Ou alors, il y avait un sérieux os. Dans le même temps la femme poussa un cri bref et, tandis que les « flops » caractéristiques s'élevaient du côté de la Seat, Bolan la vit exécuter un mouvement d'esquive sur la droite, puis détendre sa jambe dans un impeccable yoko-géri. Superbe coup de pied de face en karaté. En plein bas-ventre de son premier agresseur. Celui-ci poussa lui aussi un cri bref, puis, lâchant le bras de l'inconnue, il s'affala à terre où il se mit à couiner comme un goret. Déjà, la femme ne s'occupait plus de lui. Doublant du même pied, elle envoya un magistral mawashi qui faillit atteindre l'autre type en pleine tête. Heureusement pour lui, il avait anticipé l'attaque d'un centième de seconde et la basket de l'inconnue ne fit que lui effleurer le menton. Mais la femme avait de la ressource. Sa main venait de jaillir du cabas pendu à son épaule, brandissant un revolver au canon court et massif. Mais hélas pour elle, le type à l'automatique au réducteur de son n'avait plus personne à tuer dans la Seat. Vif comme un fauve, il avait plongé sur elle par-derrière et l'Exécuteur le vit assener à la femme un fulgurant coup de crosse. Un coup destiné à son crâne. Mais, décidément combative, sa victime s'était déjà à demi déportée sur sa gauche et la crosse de l'automatique glissa le long de son oreille, ricocha sur l'épaule, avant de s'abattre enfin sur son bras. Le bras au revolver.

La femme poussa un deuxième cri, lâcha son arme, voulut frapper de nouveau, encaissa finalement un coup de pied dans l'estomac qui la plia en deux, puis un autre qui la propulsa dans les bras du deuxième homme. Alors, celui qui venait de frapper rengaina posément son calibre, et tandis que le premier se redressait enfin péniblement, il frappa de nouveau la femme. Un seul coup de poing. En pleine tempe.

Si c'étaient des flics, ils n'étaient pas nets.

Instinctivement, l'Exécuteur avait empoigné la crosse du gros Ruger 44. Simple réflexe à la vue d'une femme agressée. Pas question de faire appel à l'arsenal pour l'instant. Si cette affaire le concernait, ce n'était en fait que par le biais de la filature dont il pensait avoir été l'objet. Une filature précisément opérée par l'inconnue.

Là-bas, les trois types avaient maintenant empoigné la femme à bras le corps et ils la transportaient vers la Corvair où ils s'engouffrèrent précipitamment. Déjà, son conducteur emballait le moteur. Les portières claquèrent et la voiture démarra en trombe. A la sortie du parking, elle lança un appel de phares et les feux d'un autre véhicule garé à l'écart s'allumèrent. Une vieille américaine foncée qui démarra aussitôt, derrière la Corvair. Une Pontiac bicolore. Au passage, les yeux toujours rivés aux jumelles, Bolan compta quatre hommes à l'intérieur. Le temps d'un éclair, tandis que la Pontiac tournait sur les chapeaux de roues sur le Paséo Repùblica, il lui sembla même intercepter le reflet métallique d'un canon d'arme.

Les événements s'accéléraient.

CHAPITRE VIII

— A genoux, salope!

Eclairé par les phares de la Corvair qu'il avait fait entrer dans le hangar, assis sur le bord d'une grande table métallique aux piètements rongés de rouille et au plateau noir de crasse, celui qui avait parlé était un grand type efflanqué. Avec son faciès presque cadavérique et ses tout petits yeux enfoncés dans les orbites et à l'expression sadique, il ressemblait à un moribond. Un mourant dont la bouche trop petite, trop rouge et surmontée d'une moustache à la Hitler esquissait un rictus béat de demeuré. Jouant négligemment avec la lame d'un rasoir tantôt ouvert et tantôt fermé, il répéta de la même voix sêche :

— J'ai dit de te mettre à genoux!

Il avait ponctué son ordre d'un regard éloquent aux deux hommes qui, face à lui, maintenaient la jeune femme par ses bras retournés dans le dos. L'un d'eux, celui qui avait reçu le coup de pied aux parties, attrapa les cheveux bruns de la femme, tira violemment dessus. Avec sa tempe tuméfiée, ses poignets menottés dans le dos et son ventre encore douloureux, l'inconnue ne pouvait guère résister. Elle rua pourtant, essaya d'envoyer son pied vers son tourmenteur, ne parvint qu'à se déséquilibrer et ses genoux rencontrèrent durement le béton gras du sol. Se mordant la lèvre pour ne pas gémir, elle entendit la voix du cadavérique lâcher dans un petit rire :

— C'est bien. Tu es une petite salope bien obéissante.

Malgré la peur qui lui mordait les entrailles, la jeune femme releva la tête, rivant sur la face blème un regard sombre qui ne cillait pas.

— Vous n'êtes tous que de pauvres porcs, laissa-t-elle tomber, pleine d'un mépris glacial.

Elle avait une voix un peu rauque de chanteuse de jazz et, malgré sa tempe enflée, elle était très belle. Le feu qui brûlait dans son regard de nuit lui donnait des allures de passionaria latine, illusion démentie par son espagnol fortement teinté d'accent US.

« Tête de mort » ricana de plus belle, faisant briller sa lame de rasoir dans la lumière des phares de la Corvair. Puis relevant un instant les yeux comme pour sonder la nuit au delà des phares, il jeta, tout aussi méprisant :

— Vous avez entendu, bande d'incapables ? La petite salope vous a reconnus !

Un chapelet de rires énervés ricocha en écho dans les profondeurs du hangar en ruine où les cinq autres s'étaient répartis dans une garde approximative. Cinq hommes invisibles qui suivaient le spectacle d'un œil intéressé. Très intéressé, même. Guiseppe *Loco Rital* était leur chef et ils connaissaient bien ses petites manies. Avec les gonzesses, il avait toujours envie de s'amuser et en faisait profiter ses hommes. Et ces derniers aimaient beaucoup ça. Vraiment beaucoup. Surtout quand la victime était belle.

Et celle-là était magnifique.

— Ecoute, salope, reprit « Tête de mort » d'une voix encore plus rêche. On est pas là pour rigoler. Les questions, je les pose qu'une fois. Après, si tu réponds pas, je punis. Vu ?

Et comme la jeune femme le fixait toujours de son regard méprisant, il précisa, plus sadique que jamais :

— Avec ça.

Il venait d'accrocher un nouveau rayon de lumière à la lame de son rasoir.

— Vu ? répéta-t-il en plantant ses petits yeux mauvais dans ceux de la jeune femme.

Cette dernière ne répondit pas, ne cilla pas non plus.

Pourtant, elle avait de plus en plus peur. Elle avait vu ce qu'ils avaient fait à Oscar, dans le parking du *Sheraton* et elle savait qu'il n'y aurait pas de cadeau. De toute façon. Sans doute encore moins si elle répondait aux questions de ce sadique.

— Ton nom, lâcha soudain ce dernier. C'est quoi?

La jeune femme désigna du regard le passeport US posé sur la table, près de *Loco Rital*. Le passeport qu'ils avaient trouvé dans son cabas au cours de leur périple jusqu'ici.

— Il est indiqué là-dedans, mon nom.

Le maladif secoua la tête.

— Jennifer Dobs, hein! Jennifer Dobs, c'est ça, ton nom?

L'intéressée demeura silencieuse. Il récupéra le passeport, le feuilleta d'un air songeur, hocha la tête avant de soupirer :

— Quand, à peine débarquée, une étrangère achète un automatique de calibre 38, quand elle se met à fourrer son nez partout, à poser des questions qui fâchent et à louer les services d'un garde du corps, quand elle filoche un autre étranger, qui, de son côté, se lance dans l'achat d'armes à grande échelle, on peut être sûr d'une chose, c'est que son passeport est faux.

La jeune femme garda le silence et les petits yeux de « Tête de Mort » la toisèrent, s'attardant sur sa poitrine que la position des bras en arrière mettait insolemment en valeur. Les fixant ensuite sur le jean délavé, juste à la hauteur du pubis de sa proie, *Loco Rital* ricana :

— Tu veux rien dire, hein. T'es une dure. Mais figure-toi que mon boss, il n'aime pas que des petites marioles viennent dans son fief foutre le bordel.

Toujours silencieuse, la jeune femme était maintenant inerte. Comme si tout cela ne la concernait plus. Un éclair de rage passa dans les petits yeux de « Tête de Mort » qui siffla entre ses dents.

— T'as raison, ma belle. J'aime bien m'amuser avec des salopes dans ton genre. J'aime quand elles se défendent.

Puis s'adressant aux deux sbires qui la maintenaient à genoux, il cingla de sa voix rêche :

— Allez, vous autres.

Aussitôt, les interpellés empoignèrent leur victime à bras le corps, la transportèrent jusqu'à la grande table sur laquelle ils la laissèrent tomber sans ménagement. La jeune femme émit une plainte sourde, voulut encore frapper avec ses pieds, ne réussit qu'à éjecter une de ses baskets dans les profondeurs du hangar. Elle sentit des mains la fouiller, lui arracher sa ceinture et baisser son jean avec brutalité. Elle tenta encore de ruer, poussa un cri rauque, tourna la tête pour cracher au visage de *Loco Rital* qui se penchait sur elle. Posément, tandis que les deux autres parvenaient enfin à immobiliser complètement la jeune femme, il lui adressa un sourire de vampire pour déclarer d'une voix soudain plus claire :

— Tu vas voir, ma petite salope. On va bien s'amuser.

Puis joignant le geste à la parole, il appliqua doucement, presque tendrement la lame de son rasoir sur la chair dorée.

— Je vais te marquer, ma belle garce, ricana l'affreux avec un air d'envie. Comme ça, tu seras ma chose. Ma propriété.

En sentant l'acier froid au contact de sa hanche nue, la jeune femme laissa fuser une sorte de feulement, puis, s'immobilisant soudain, elle déclara d'une voix glacée :

— Si j'avais les mains libres tu rirais moins.

« Tête de Mort » laissa encore fuser son ricanement désagréable, puis adoptant un ton sirupeux, il déclara à son tour :

— Tu réponds à mes questions, je te laisse en vie, ma petite salope adorée. Tu pourras alors essayer de m'empêcher de rire.

La jeune femme ne réagit pas.

— Tiens, sembla-t-il soudain se décider. Je vais même te donner mon nom, moi. Pour que tu puisses me retrouver. Mon nom de guerre, bien sûr, grinça-t-il dans un nouveau ricanement. Mes hommes, ils m'appellent *Loco. Loco Rital*. C'est pas un beau nom, ça?

La jeune femme ne réagissait toujours pas. Conservant sa lame de rasoir sur la peau nue, *Loco Rital* semblait jouir du spectacle. Quant à ses hommes, ils n'en perdaient pas une miette. Dans la lumière crue des phares et dans ce décor délabré, on aurait dit le spectacle d'un metteur en scène pervers. Laissant ses petits yeux de dément parcourir les courbes de sa victime, le maladif insista, plus mielleux encore :

— Alors?

Mais l'inconnue semblait toujours prostrée.

— Fais gaffe, ma belle salope! Je vais te marquer!

A cet instant, il y eut comme un froissement dans l'air ambiant, suivi d'un très léger cliquetis.

— A ta place, *Loco*, je lâcherais ce rasoir.

C'était une voix grave, dangereuse. Une voix sépulcrale.

Comme prises de folie, toutes les armes de l'équipe de « Tête de Mort » s'étaient redressées, cherchant fébrilement une cible encore invisible. Autour d'eux, le grand hangar plongé dans le noir semblait désert. *Loco Rital* avait lui aussi marqué le coup et ses petits yeux fouillaient l'ombre à leur tour. Sans résultat.

— Qui à parlé? lança-t-il d'une voix où perçait l'inquiétude.

Il y eut un silence, puis la voix dangereuse résonna :

— Puisque tu veux le savoir, je suis l'étranger qui achète les armes en quantité.

Loco Rital fronça des sourcils presque inexistants, fouillant toujours l'ombre de ses petits yeux vicieux. Mais cette fois, tout au fond de ses prunelles, il y avait le doute. Son rasoir toujours posé sur la hanche de la jeune femme, il demeurait parfaitement immobile. Un pro qui savait que, parfois, bouger signifiait mourir. D'abord, il fallait savoir.

— C'est pas un nom, ça, renvoya-t-il, mauvais.

— C'est vrai, répondit la voix lugubre.

Une voix qui semblait s'être déplacée dans le hangar. *Loco Rital* essayait toujours de localiser son propriétaire. Sans succès. Dans le but de gagner du temps, il ergota :

— Si tu veux pas dire ton nom, mec, tu peux au moins annoncer la couleur. Qu'est-ce que tu veux?

— Que tu détaches la femme.

— Sinon?

Il y eut un autre petit cliquetis dans les profondeurs du hangar, mais le son avait encore changé de place. A croire que ce type volait.

— Sinon, j'arrose, mec.

— T'es malade, mon pote! grinça « Tête de Mort ». Tu sais à qui tu t'attaques?

— A toi et à tes pourris de service.

— Espère, mec. Tu t'attaques à beaucoup plus important. Nous, on est que les outils.

— Les outils de qui?

Petit rire de *Loco Rital.*

— Les outils de vrais boss, connard. Des vrais de vrais. Les demi-sel dans ton genre, ils en font des abat-jour. Avec la peau de leur cul.

— Arrête, tu me fais peur!

Ce qui n'avait pas l'air d'être le cas. La voix du type invisible était tranquille. froide comme la mort. Tout allait très vite dans la tête de *Loco Rital*. Trop vite. Pas le temps de raisonner sainement. Il se disait que tant qu'il aurait la femme, il serait le plus fort et que...

— N'oublie pas, *Loco Rital*, intervint la voix sépulcrale. N'oublie surtout pas...

— Oublier quoi?

— Qu'une balle va plus vite qu'un rasoir.

C'était d'une logique implacable. Surtout quand l'enfoiré qui disait ça semblait avoir passé un pacte avec la nuit, le temps et l'espace. Dingue. Et inquiétant.

— O.K., O.K.! finit par lâcher la bouche trop rouge de *Loco Rital*. Regarde, je l'écarte, ma lame.

Joignant le geste à la parole, il avait effectivement éloigné le rasoir de la hanche nue.

— Maintenant, fit la voix de l'inconnu, dis à tes sbires de délivrer la dame aux jolies fesses.

— Elle est avec toi?

— Non. J'ai simplement horreur qu'on s'attaque à une femme. Surtout quand c'est un crevard débile dans ton genre qui le fait.

« Tête de Mort » frémit sous l'insulte et ses hommes crurent qu'il allait plonger sa lame dans la chair toujours offerte. Il était assez dingue pour ça. Mais, contre toute attente, ce fut avec un petit rire presque amusé qu'il cèda.

— O.K., lâcha-t-il en repliant son précieux rasoir. O.K., mec. Je te connais pas, mais j'aime les types gonflés.

Il adressa un signe au type qui tenait les poignets de la femme. Celui-ci sortit une petite clé de sa poche de veste et, l'instant d'après, les menottes tombaient sur le ciment avec un bruit qui se répercuta longuement sous le vaste toit de tôles.

Alors, comme si tout cela était parfaitement naturel, la jeune femme remonta posément son jean, s'assit au bord de la table, lança un long regard au delà de la lumière des phares et sauta souplement à terre. Enfin, venant tranquillement se placer face à « Tête de Mort », elle fit la chose la plus inattendue qui soit en la circonstance. Elle lui sourit.

— Tu as entendu, crevard débile? Il ne faut jamais s'attaquer à une femme.

Puis sans transition, elle fit encore une chose inouïe.

Elle lui envoya son poing en pleine face.

Cela fit un bruit désagréable, du sang gicla instantanément sur le visage livide et tous les hommes présents crurent alors le drame inévitable. Ils virent *Loco Rital* chanceler sous la force du coup, puis, s'ébrouant comme un chien mouillé, il sauta à terre à son tour. Dans le même temps, son bras s'était levé et, comme par enchantement, la lame du rasoir avait de nouveau jailli dans son poing. Mais, l'arrêtant net, la voix de mort claqua, terriblement dangereuse :

— Gaffe, *Loco*! Gaffe!

« Tête de Mort » laissa in extremis le geste en suspens. D'ailleurs, comme soudain absorbée par la nuit environnante, la femme avait disparu dans l'ombre. D'abord, il sembla que la scène s'était figée pour l'éternité, puis, repliant son rasoir, *Loco Rital* se rassit sur la table crasseuse. Fouillant toujours mine de rien l'ombre du hangar du même regard vicieux, il sortit un mouchoir et, tout en essayant d'endiguer l'hémorragie de son nez éclaté, il lança avec un rien de fanfaronnade :

— Et maintenant, qu'est-ce qu'on fait?

— Maintenant, répondit aussitôt la voix sinistre, on fait les présentations.

« Tête de Mort » tiqua :

— Les présentations?

— Ton nom, à toi, c'est bien celui que j'ai entendu? *Loco Rital*? Ton nom de guerre?

Une lueur de doute passa dans les prunelles de l'intéressé.

— Si on veut.

— O.K., *Loco Rital*, acquiesça la mystérieuse voix. Maintenant, c'est à moi de me présenter, hein?

— Et pas qu'un peu!

Après un silence qui parut durer très longtemps, plus glacée que jamais, la voix inconnue lâcha :

— Mon nom est Bolan, *Loco*. Mack Bolan.

Il y eut encore une seconde ou deux d'infernal silence, puis quelque part dans le noir, un des types de *Loco Rital* craqua et d'un coup, l'enfer se déchaîna.

CHAPITRE IX

Déclenché par la peur d'un simple flingueur, un ouragan de feu, de plomb et de mort se mit à tout ravager sur son passage. Un cataclysme qui se déchaîna de tous côtés. Mais deux secondes avaient suffi à l'Exécuteur pour faire éclater deux têtes de pourris, dont celle du type à la clé des menottes. Le hangar crépitait de partout. C'était la panique dans les rangs locaux. Des ombres jaillissaient, disparaissaient et des rafales partaient tous azimuts. D'abord longues et désordonnées, puis peu à peu plus courtes, plus professionnelles. Les hommes de « Tête de Mort » semblaient reprendre du poil de la bête et les premiers cris s'étaient tus. Un type avait sauté au volant de la Corvair et tentait de piéger Bolan dans le rayon de ses phares. Pendant ce temps, ne se découvrant qu'au minimum, le temps de lâcher leurs séries, les flingueurs avaient adopté la méthode de « la puce » utilisée par l'Exécuteur. Mais soudain, une grêle d'ogives brûlantes vint fracasser les phares de la Corvair et ce fut le noir complet. Dès lors, tout bascula. Privés du moindre repère, les rescapés de l'équipe de *Loco Rital* s'affolèrent et une voix hurla :

— Arrêtez de tirer, bande de cons!

La voix de *Loco*. En chef qui se respecte, il avait compris le risque. Ils allaient se flinguer entre eux. Mais la panique était installée et au lieu de cesser, les tirs s'intensifièrent dangereusement. Une autre voix cria :

— Merde! Qu'est-ce qu'on fait, *Loco*?

— Amenez l'autre bagnole! Et butez-moi ce fumier!

Plus facile à dire qu'à faire. Maintenant qu'il avait fait exploser les phares de la Corvair, l'Exécuteur avait au moins trois avantages sur eux. L'effet psychologique de son intervention, le « casque » I.L. fourni par Alvaro Gomez et... le terrible AM-180 à visée laser.

Trois éléments décisifs dans ce genre de situation.

— Falco! lança *Loco*. Vas-y!

Dans le système de vision du « casque » I.L., Bolan vit un des types jusqu'alors réfugié derrière un amoncellement de gravats bondir hors de sa cachette. Le nommé Falco. D'un saut, il se précipita vers le fond du hangar où la grande double porte à demi refermée laissait filtrer un peu de bleu nuit. Mais dans l'obscurité, son épaule percuta de plein fouet un des poteaux de fonte qui soutenaient la charpente et, sous le choc, il recula de trois mètres en poussant un véritable barrissement. Articulation démise ou cassée, il sautait sur place en continuant de gueuler, quand une petite tache rouge s'alluma juste au milieu de son nez.

L'impact laser.

Un autre type cria :

— Qu'est-ce que...

Lui coupant la parole, il y eut comme une sèche déchirure dans l'air et à la cadence de vingt par seconde, les redoutables projectiles de 22 Magnum réduisirent toute la tête de Falco en bouillie. Une horreur que les autres ne virent évidemment pas. Tant mieux pour eux. Car même habitué comme il l'était au sang et à la mort, l'Exécuteur fut lui-même surpris par l'effet dévastateur de son tir. Là-bas, projeté en arrière comme s'il avait reçu les sabots d'un cheval en pleine tête, Falco alla dinguer contre un autre poteau, s'y désarticula comme un pantin, avant de se répandre à terre, dans son propre sang.

— Eh! Il est par là!

Le type qui avait vu le rayon rouge du AM-180 remettait ça. Le temps du tir, il avait localisé Bolan. Une gerbe d'éclairs zébra la nuit et l'Exécuteur qui avait dans le mouvement changé de place perçut les impacts sur de la ferraille. Bien sûr, il aurait pu vider tout un « camembert » de 22 Magnum et balayer net toute cette racaille. Mais il avait beau scruter le « crépuscule » légèrement scintillant de son optique I.L, il ne parvenait pas à localiser la jeune femme et ne pouvait risquer de l'atteindre elle aussi. Alors, se contentant d'effleurer seulement la détente de l'AM, il envoya une première rafale d'une vingtaine de coups, vit tomber deux autres flingueurs, aperçut un type qui bondissait vers le fond du hangar, lâchant au jugé les trente 9mm de son chargeur de PM Star Z-62. Et ce qui devait arriver survint, il envoya la purée en plein buste de son voisin. Celui-ci poussa un cri étranglé, recula sous les impacts, sans voir les fontaines de sang qui jaillissaient de son poitrail.

Il ne les sentit pas longtemps non plus.

Mort sur le coup, ou presque. Cœur haché. Encore un qui ne mourrait pas d'infarctus. Mais au moment où Bolan redressait son tir sur la gauche, il vit une silhouette qui rampait vers la sortie. Une carcasse longue et maigre, surmontée d'une toute petite tête en forme de poire. *Loco Rital*. Posément, il dirigea le canon de l'AM dans sa direction, activa le rayon laser, et la petite tache rouge alla se plaquer sur la nuque de « Tête de Mort », tel un étrange insecte malfaisant. Mais au lieu de presser la détente, l'Exécuteur fit descendre la tache le long de la silhouette, la fixant finalement à hauteur du mollet gauche. Et cette fois, ce fut à peine si son index entra en contact avec la détente du fusil. Un fusil qui tressauta à peine, ne crachant que le strict minimum de son terrible venin.

Douze balles seulement. Un exploit de finesse.

Loco poussa un hurlement bref, se tordit au sol comme un serpent coupé en deux, comprimant sa jambe éclatée des deux mains. Puis redressant la tête, il essaya de percer l'obscurité de ses yeux paniqués. En vain.

— Où il est, ce fumier? se mit-il à cracher. Où il est, bordel?

Les lèvres de l'Exécuteur eurent une esquisse de sourire glacé. Il avait vu la main droite de *Loco* disparaître sous le cadavre d'un de ses flingueurs et presque aussitôt ressortir, armée d'un énorme Colt Python 357 Magnum. Aussitôt, Bolan activa le rayon laser et la tache rouge alla se plaquer à l'acier sombre du barillet. Voyant cela, le chef des pourris roula sur le côté, s'arrachant un cri de douleur à cause de sa jambe. Une nouvelle fois, l'Exécuteur ne fit qu'effleurer la détente de l'AM. Encore plus légèrement. Si bien que sept ou huit 22 Magnum seulement allèrent frapper le Python. Arraché de la main qui le serrait, celui-ci disparut dans l'ombre et, l'index brisé par le pontet du Colt, *Loco* hurla comme un animal terrorisé. Mais à cet instant, le dernier survivant qui tentait une sortie en catastrophe se prit les pieds dans les jambes de son chef, lui marchant carrément sur le mollet blessé. Cette fois, *Loco* se contenta de pousser une espèce de jappement bref, puis il retomba face contre terre et ne bougea plus. Evanoui.

Aussitôt, lâchant une nouvelle mini-rafale, l'Exécuteur cribla le maladroit en pleine tête. Celui-ci lâcha le AK.47, stoppant net un tir de 7, 62 à la précision très approximative, puis tournant sur lui-même comme un toton déséquilibré, il s'affala enfin au pied de la grande table crasseuse. Déjà, Bolan avait tourné son arme de quelques degrés. Scrutant la nuit claire du système I.L., il cherchait d'autres cibles. Mais cette fois, plus personne ne tirait.

Ils étaient tous morts à part *Loco Rital* lui-même. Mais avant de le soulager de sa douleur, il y avait autre chose à faire. L'obliger à parler. En quelques bonds, l'Exécuteur fut près de lui. Toujours dans le noir complet, grâce au système I.L., il y voyait suffisamment pour noter l'hémorragie qui souillait son abdomen. *Loco* avait écopé. Deux fois. Du gros calibre. Flingué par ses propres hommes. Il geignait doucement mais, dans son coma, il ne devait pas souffrir. En revanche lorsque, après deux claques retentissantes, *Loco Rital* revint à lui, ce fut pour le regretter amèrement. Car outre la terrible souffrance qui montait de sa jambe et celles de ses entrailles éclatées, il n'y voyait strictement rien et cela ajouta encore à son angoisse. Il se sentit fouillé, comprit qu'on lui prenait son rasoir et, presque aussitôt, quelque chose de glacé vint se poser sur sa veine jugulaire. La lame de son propre rasoir.

— Salut, *Loco Rital.* Bien dormi ?

La voix d'outre-tombe. La voix de ce Mack Bolan. Cet Exécuteur de légende dont il n'avait jamais cru qu'il existait vraiment.

— Tu es italien ?

Avec un surnom pareil, c'était facile à deviner. Mais comme la confirmation tardait à arriver, Bolan dut peser un peu sur la lame. Comme *Loco* l'avait fait plus tôt sur la chair fragile de l'inconnue. Connaissant bien la nature humaine, c'est à dessein qu'il avait préféré le rasoir au canon d'une arme à feu pour menacer « Tête de Mort ». Il savait combien la fascination est proche de la peur et il savait aussi combien l'arme blanche pouvait fasciner son propre utilisateur. *Loco* n'utilisait pas le rasoir par hasard. Donc, tout au fond de lui, il en avait peur aussi.

— Tu es italien ? répéta Bolan en pesant de plus belle sur le rasoir.

— *Si*, répondit *Loco* dans un souffle. Si... cilien.

Ainsi, Brognola avait raison. Les *amici* avaient jeté leur dévolu sur la région. La pieuvre malfaisante avait emprisonné le Pérou dans ses tentacules visqueux. A croire qu'entre les *senderos*, les *narcos* et la misère, ce pauvre pays n'avait pas déjà assez de malheurs. Maintenant, le fléau satanique s'était abattu sur lui. Le crime universel.

La mafia.

— Ton vrai nom ?

— Loco... dero. Guiseppe Locodero, répéta le pourri. C'est pour ça qu'on m'appelle *Loco*.

A en juger par l'éclat sadique de son regard, il y avait sûrement une autre raison. Mais Bolan n'avait guère de temps à perdre. Il ne manquerait plus que la Guardia Civil débarque.

— Tu travailles pour qui ?

Le chef flingueur ne répondit pas et l'Exécuteur dut encore appuyer un peu plus le rasoir sur sa gorge. Locodero émit un hoquet très imprudent, se coupa un peu la peau au passage, gémit :

— Putain, j'ai mal !

— Je te plaindrai après, grinça Bolan. Le nom de ton boss ?

— Je... j'ai pas de boss. Je suis *free lance.*

Lui aussi ! Comme l'était Raul le *chulo* avant d'entrer au service d'Alvaro Gomez. A croire que toutes les fripouilles de Lima étaient indépendantes. L'Exécuteur tiqua :

— Tu veux dire que tu n'appartiens à aucune famille ?

— Avant, si.

Il se tut, respira un grand coup, cracha un peu de sang. La sueur inondait sa face de malade et son regard vacillait par moments. Il n'en avait plus pour longtemps. Bolan le pressa :

— Explique.

— Je... avant, je travaillais pour un *narco.* Un Napolitain installé dans le nord. Mais lui et ses flingueurs se sont fait descendre il y a... quelques mois de ça... par une équipe concurrente. Moi, j'étais à Lima pour une affaire privée. Quand... quand j'ai appris le carnage, j'ai préféré rester ici et me mettre à mon compte.

— Bon, admit Bolan. Tu es *free lance.* Comment sais-tu que j'ai acheté des armes en quantité ?

— Tu le sais bien. Tu as buté... deux des types qui te surveillaient.

— Des gars à toi ?

— N... non. Une autre équipe.

— Ils travaillaient pour le même client ?

— Je... je sais pas !

— Alors, comment tu sais que la femme suivait un type qui avait acheté des armes ?

— C'est... c'est mon client qui me l'a dit. Il sait que le mec est américain et qu'il créche au *Sheraton.*

Conclusion, le client de l'équipe de Raul et celui de *Loco* étaient sans doute le même.

— J'ai mal ! gémit *Loco Rital.*

Il paraissait effectivement beaucoup souffrir, ce qui n'était pas étonnant. Mais Bolan avait laissé sa pitié au vestiaire. Il questionna encore :

— Ton client ne t'avait donc chargé que de la fille.

— *Si.*

— O.K. Le nom de ce client?

Le pourri marqua une hésitation, grimaça de douleur, finit par laisser tomber d'un ton mourant :

— Mattéo. Juste... Mattéo.

— Comment on le trouve, ce Mattéo?

— On... on le trouve pas. C'est lui... c'est lui qui me contacte. Par téléphone. Il... il me dit ce qu'il attend de moi et quand le boulot est fait, je reçois... une enveloppe.

Le truc classique. Quoi qu'il fasse, Bolan n'avançait pas.

— Et la fille, qu'est-ce qu'il lui voulait, ton Mattéo?

Pour toute réponse, *Loco* poussa un soupir caverneux et Bolan dut insister :

— La fille! Qu'es-ce que tu lui voulais?

Nouveau soupir du pourri dont les yeux se révulsaient dangereusement. Dans ses boyaux, les bastos avaient dû faire de sacrés ravages. Pourtant, il réussit encore à lâcher :

— Je... on voulait savoir.

— Savoir quoi?

— Savoir... ce qu'elle savait de...

— De?

— De l'affaire des mômes...

— Des mômes?

Loco laissa échapper une sorte d'éternuement, cracha un peu de sang et ce fut tout. Sa tête était retombée sur le côté et ses petits yeux vicieux étaient subitement devenus ternes. Guiseppe Locodero était mort. En service commandé.

Mais commandé par qui?

Si l'Exécuteur voulait en savoir plus, il n'avait qu'un vague prénom à se mettre sous la dent. Info bien mince pour démarrer un blitz. Toutefois, cette « affaire des mômes » évoquée in extremis par *Loco* avait fait tilt dans son cerveau. Etait-ce lié avec cette histoire que lui avait racontée Brognola à propos du trafic d'enfants péruviens? Ce serait trop beau. Mais peut-être que l'inconnue lui en dirait plus.

— Eh ! lança-t-il à la cantonade. C'est fini. Vous ne risquez plus rien.

Mais seul l'écho de sa propre voix roulant sous les tôles du toit lui répondit. Et malgré le système I.L. de son casque de vision de nuit, il ne voyait plus que des cadavres autour de lui.

— Eh ! cria-t-il encore. Vous êtes là ?

N'obtenant pas plus de réponse, il finit par quitter le hangar, surveillant le secteur, l'AM-180 toujours en batterie. Une mauvaise surprise n'était jamais impossible. Mais personne ne lui tira dessus et en fait de mauvaise surprise, il s'aperçut que la Pontiac bicolore n'était plus là.

La mystérieuse inconnue avait filé avec.

CHAPITRE X

— J'ai appris ce qui s'est passé ici cette nuit, *señor*. Cette histoire est dingue !

Media Negra venait de faire irruption dans le bar du *Sheraton*. Il sentait la sueur, l'alcool et la marijuana. D'ailleurs, un pétard éteint restait obstinément collé au coin de sa bouche. Encore un qui ne craignait pas le qu'en-dira-t-on. Fébrile, il posa son maigre postérieur sur le siège voisin de Bolan, repoussa son informe chapeau clair en arrière, s'essuya le front d'un revers de manche et enchaîna :

— Je te cherche depuis ce matin ! J'ai même téléphoné deux fois.

— Je n'étais pas là, résuma Bolan sans plus de précisions.

Pour ne pas risquer de se faire voler son arsenal durant la nuit, il avait dormi dans la Land-Rover et il venait d'arriver. Par précaution, il avait largement graissé la patte du portier de l'hôtel en le chargeant de surveiller le véhicule, prétextant qu'il renfermait du matériel de géologie. Pas de quoi vraiment tenter les convoitises. De toute façon, avec les câbles et les énormes cadenas qui arrimaient maintenant les caisses aux structures de la Land, toute tentative de vol à la roulotte confinerait à l'exploit.

— C'est dingue ! répéta Media Negra. Complètement dingue !

Il semblait dans tous ses états. Baissant le ton pour ne pas être entendu des rares clients, il souffla :

— Un type assassiné dans ce parking et la nana qui l'accompagnait enlevée ! Des clients de l'hôtel ont tout vu de leur fenêtre. Une histoire de fou ! Et le mort, c'est justement le guide de ma cliente ! Celle qui voulait un calibre.

Bolan tiqua.

— Comment ça ?

Des témoins qui avaient sûrement vu aussi sa Land-Rover. Il valait mieux quitter le *Sheraton*. Plus confidentiel encore, l'indic précisa :

— Tu sais bien ! Cette Américaine dont je t'ai parlé.

— Celle que tu as également adressée à Gomez ?

— *Si* !

Il s'en tordait les mains d'énervement, l'indic bicolore. Et ça devait lui donner soif, car il louchait sur le verre de Hennessy-Glace posé devant Bolan. Mais celui-ci avait d'autres idées en tête.

— Justement, fit remarquer Bolan. Il se pourrait bien que cette Américaine et son... guide m'aient filoché allégrement. Juste avant l'enlèvement et le meurtre.

— Hein ?

Incrédule, l'indic fixait l'Exécuteur de ses petits yeux délavés.

— Alors... tu veux dire que t'étais là ? Que t'aurais tout vu ?

— Affirmatif.

Sous son chapeau clair, l'indic roulait des yeux effarés.

— Merde ! fit-il avant de garder un silence interloqué.

Puis revenant au sujet, il questionna :

— Tu veux dire que c'est en te filochant que la nana s'est fait enlever ?

— Affirmatif.

Media Negra réfléchit, finit par laisser tomber, dubitatif :

— Alors comme ça, t'es encore surveillé ?

— Affirmatif. Et comme j'aimerais bien savoir par qui et pourquoi, tu vas me dire où je peux la trouver, cette Américaine.

L'indic le regarda sans comprendre.

— Mais... mais comment je pourrais savoir où elle est ? J'ai rien à voir avec ses ravisseurs, moi !

Bolan esquissa une ombre de sourire.
— Elle n'est plus avec ses ravisseurs.
— Hein!
— Elle leur a échappé, résuma Bolan, extrêmement lapidaire. J'ai tout vu. Malheureusement, elle m'a également filé entre les doigts et j'aimerais bien faire un bout de conversation avec elle.
— Je sais pas.
— Comment ça, tu sais pas?
Nouveau mouvement de tête négatif de l'indic qui précisa :
— J'ignore où elle crèche. Je l'ai même jamais vue.
— Mais tu as dit qu'elle était passée par toi pour acheter un flingue!
— C'est Oscar qui a traité pour elle.
— Oscar?
— Le mec que tu as vu se faire descendre cette nuit. L'Américaine, elle l'avait pris comme guide. C'est lui qui m'a parlé d'elle et de sa demande de flingue. Il connaissait bien un marchand, mais il venait de se faire gauler par la Dircote. Alors, j'ai dit à Oscar de s'adresser à Gomez.
— Quel genre de... guide, cet Oscar?
— Une espèce de détective privé. Mais pas très net, si tu vois ce que je veux dire.
Bolan voyait parfaitement. Il voyait surtout qu'il était dans le noir et qu'en la circonstance, aucun système de vision de nuit ne l'aiderait.
Le regard de plus en plus inquiet, Media Negra demanda :
— Dis... t'as parlé de moi à personne, hein?
— Personne, répondit Bolan en pensant à autre chose.
— Ah bon! Parce que ça me ferait une sacrée mauvaise publicité.
Ben, voyons!
— Au fait, apostropha Bolan. Tu me cherchais?
L'autre se secoua.
— *Si, si*! dit-il précipitamment. J'ai peut-être un renseignement intéressant pour toi. Tu sais, pour la deuxième partie de notre affaire.

La deuxième partie, c'était la recherche d'infos sur les *narcos* de la région. Bolan dressa l'oreille.

— Quel genre de renseignement ?

— Ben... genre pas gratuit, ergota Media Negra, faussement gêné.

Une lueur glacée passa dans les prunelles de Bolan.

— Je paye après, renvoya-t-il. Et seulement si c'est sérieux.

— C'est vachement sérieux, *caballero* ! Vachement ! C'est le nom d'un mec qui les connaît, les *narcos*. Enfin, son pseudo.

Bolan secoua la tête.

— Un pseudo, ça ne vaut pas la moitié d'un centavo[1].

— Arrête ! Ici, personne ne connaît son vrai nom. Même pas les *narcos*. Je connais que son pseudo, mais je sais qu'il est d'origine colombienne et qu'autrefois il était avocat à Bogota. Un avocat marron, radié du barreau, condamné dans son pays pour association de malfaiteurs, trafic de drogue et recel. Lâché par le cartel de Cali, il a fui la Colombie pour Panama, puis s'est réfugié ici il y a environ deux ans. Un pourri intégral. Il arrange les affaires des *narcos* avec les banques de Lima et les conseille sur tous les trucs de justice. Notamment quand ils ont besoin de museler la presse. On dit aussi qu'il commandite des « contrats » pour ces mêmes *narcos*. En tout cas, il en sait long, c'est sûr. En plus, je peux te dire où le trouver.

Il en transpirait, l'indic.

— Mais méfie-toi, hein. C'est pas un rigolo. Il y a un mois, ses gardes du corps ont quasiment haché sur place un type surpris à faire du gringue à une des putes qu'il fréquente.

Bolan balaya l'avertissement d'un revers de main, avant de questionner :

— Comment sais-tu tout ça ?

L'autre se renfrogna, comiquement digne.

— Je donne pas mes sources.

Bolan n'en avait finalement rien à faire. Il grogna :

1. Un centième de *Sol*.

— Accouche. Si ça m'intéresse, t'as gagné les dollars promis.

Media Negra sembla peser le pour et le contre, laissa fuser un soupir à fendre l'âme, loucha encore sur le Hennessy-Glace de Bolan, et n'y tenant plus, il demanda :

— Je peux pas en avoir un?

Bolan fit signe au garçon qui accourut, mais au moment de la commande, l'indic s'informa, faux-cul en diable :

— Avec un peu plus de cognac, c'est pas possible?

C'était possible et lorsque le grand verre embué arriva, il se jeta littéralement dessus. Bolan attendit patiemment que le verre soit presque vide pour relancer :

— Alors?

L'indic s'essuya la bouche d'un revers de main, déclara d'un ton geignard :

— Si on sait que j'ai parlé, je suis mort.

— Si tu continues à m'emmerder, tu es mort aussi.

Media Negra lui lança un regard en-dessous, battit trois fois des paupières, finit par lâcher tout bas :

— L'endroit où on le trouve, l'avocat, c'est *La Luna*. Une boîte à putes de Villegas. Près du port. Tu peux pas te tromper.

Bolan hocha la tête.

— Et ce fameux pseudo?

Media Negra prit le temps d'achever son Hennessy, puis, se penchant en avant, il lâcha, plus bas encore :

— On l'appelle *el señor* Mattéo.

Bolan marqua le coup intérieurement. Contrairement à ce qu'il s'était imaginé, l'info était crédible. Elle recoupait parfaitement celle donnée par l'immense Raul à propos de *La Luna* et celle de *Loco* sur le nom de Mattéo. Mine de rien, il essaya de lui soutirer d'autres informations, mais le Péruvien ne voulait rien savoir.

— C'est tout ce que je sais, s'énerva-t-il soudain. Et puis je veux plus entendre parler de ça. C'est trop dangereux.

Ça aussi, c'était crédible. Media Negra semblait vraiment avoir peur. Seul le fric avait pu le faire marcher, c'était sûr. Ils bavardèrent encore un peu, puis, enfin en possession des dollars promis, l'indic se leva, découvrit son chicot dans un rictus bien hideux, avant de lancer en soulevant son infâme chapeau :

— *Hasta luego, caballero!* Et bonne chance!

Puis il fila comme un lavement.

Bolan acheva son Hennessy et décida de passer par sa chambre pour essayer d'appeler Brognola au cas où il aurait enfin obtenu quelque chose de concret sur Zino Ferra. Au moment où il allait décrocher le combiné de son chevet, on frappa à la porte. Intrigué, il alla ouvrir, la main droite tout près de la crosse du Browning GP à réducteur de son qui avait plus discrètement remplacé l'énorme Ruger 44 sous son blouson.

— *Señor* Marlin?

Ils étaient deux, figés dans l'encadrement de la porte. Le plus grand mastiquait flegmatiquement un *bubble*, l'autre, plus jeune, avait une tête de fouine à lunettes et sa moustache rachitique ressemblait à un balai à chiottes ayant beaucoup servi. Tandis que Bolan hochait la tête, le grand exhiba une plaque gravée en couleurs, où le mot « Policia » s'étalait en blanc. D'un air ennuyé, il s'excusa avec la courtoisie hispanique de rigueur :

— Lieutenant Miguel Oliveira, se présenta-t-il. Et voici mon adjoint le sergent Ernesto Baguerra. Désolé de vous importuner, *señor* Marlin. Auriez-vous l'extrême obligeance de répondre à quelques petites questions?

La police! Exactement le type de personnage que l'Exécuteur souhaitait ne jamais rencontrer au cours de ses blitz. D'emblée, Bolan se méfia. En matière de police, les « petites » questions étaient souvent plus ennuyeuses que les grosses. Veillant à ce que son blouson ne s'ouvre pas intempestivement, il s'arracha un sourire poli.

— Entrez, offrit-il. Veuillez m'excuser un instant.

Le plus naturellement du monde, il passa dans la salle de bains, dont il ressortit un instant plus tard, apparemment soulagé de la vessie, plus exactement délesté du Browning. Maintenant, on pouvait causer.

— J'allais sortir, dit-il. C'est à quel sujet?

Le grand au *bubble* eut une moue qui signifiait que cela n'avait guère d'intérêt, mais enchaîna pourtant :

— Sans doute avez-vous entendu parler de ce drame, survenu cette nuit devant l'hôtel?

Une petite sonnerie d'alarme résonna instantanément dans le cerveau de l'Exécuteur. D'un coup, les propos de Media Negra lui étaient revenus en mémoire. Des témoins avaient assisté à la scène. Ils avaient donc forcément également vu la Land. Une Land-Rover qui avait démarré aussitôt à la suite des deux autres véhicules. Une Land-Rover dont ces témoins avaient très certainement parlé. Le genre d'incident très embêtant quand on veut passer inaperçu quelque part. L'impondérable. Son changement d'hôtel arrivait trop tard. Se composant un air penaud, il hocha la tête, avoua d'emblée :

— Je n'ai pas entendu parler, rectifia-t-il. J'ai vu, lieutenant.

Le flic afficha une expression qui se voulait étonnée.

— Comment cela, *señor?*

Alors, résigné et l'esprit entièrement mobilisé, Bolan y alla de son couplet. Oui, il rentrait juste à l'hôtel quand les événements s'étaient produits, oui, n'écoutant que ses réflexes d'honnête citoyen américain, il avait aussitôt voulu prendre les voitures des ravisseurs-assassins en chasse, oui, il les avait perdus une fois en ville.

Tout le temps de son récit, les deux policiers l'avaient écouté avec la plus grande attention. « Tête de fouine » avait pris des notes et le grand s'était contenté de l'observer. D'un regard qui n'était pas celui d'un imbécile. Mais il eut pourtant l'air de le croire et, d'un air admiratif, il complimenta :

— Vous êtes un homme très courageux, *señor* Marlin! Vraiment très courageux. Un véritable *caballero*. Toutes mes félicitations. Mais...

Bolan fronça les sourcils.

— Mais?

Le policier hésita, finit par déclarer :

— Courageux, mais distrait, *señor* Marlin.

— Distrait?

— Hélas! insista le lieutenant. Je dirais hélas pour l'enquête, *señor*. Car à la suite de votre courageuse intervention, vous avez omis d'alerter la police.

Bang! Il avait raison. Tout « honnête citoyen » de quelque nationalité qu'il fût aurait sans doute eu ce réflexe après coup. Pas Mack Bolan. Lui, il n'était pas un « honnête citoyen ». Lui, il était un clandestin. Un guerrier de l'ombre qui devait par définition éviter tout contact avec la police. Se composant de nouveau un visage contrit, il avoua, plein de regrets :

— C'est exact, lieutenant. Mais il faut me comprendre, j'avais honte.

— Honte? Un *caballero* comme vous?

— Oui, lieutenant. Honte. Honte de n'avoir même pas eu le réflexe le plus banal, celui que tout témoin a dans un bon film policier : celui de relever les numéros des véhicules en question.

Le lieutenant Oliveira hocha songeusement la tête, puis, sans quitter le regard de Bolan de ses yeux aigus, il se fendit d'un sourire plein d'indulgence pour déclarer, fataliste :

— Personne n'aurait pu vous en vouloir, *señor* Marlin. Personne. Je comprends. Dans ces circonstances...

Il conserva un silence assez long, consultant distraitement les notes de « balai à chiottes », avant de soupirer :

— Quoi qu'il en soit, *señor*, soyez félicité de votre bravoure. Ces gens n'ont pas l'air de plaisanter. Toutefois...

— Oui?

— Toutefois, *señor*, vous serait-il possible de passer dans la journée à l'hôtel de police? Pour la déposition, n'est-ce pas?

La catastrophe se précisait. Mais l'invitation cachait à peine l'ordre sous-jacent. Bolan ne pouvait que s'y plier. Il allait accepter, quand son téléphone grelotta. Courtois, le sergent Oliveira lui fit signe de répondre.

— Je vous en prie, *señor*. Nous avons notre temps.

Bolan se serait bien passé de leur présence. Si c'était Brognola, il le rappellerait plus tard.

— Marlin, lança-t-il dans le combiné.

Au bout du fil, il perçut une respiration, puis une voix lui lança :

— Quittez le Pérou, *señor* Marlin. Par l'avion de demain matin. Sinon...

Puis on raccrocha.

C'était la même voix que lors du premier coup de fil, mais cette fois, Bolan avait noté un détail. Le type avait un cheveu sur la langue. Comme celui dont avait parlé Raul.

C'était le fameux « client ».

CHAPITRE XI

La menace était claire, les choses se précisaient. Heureusement, le lieutenant Oliveira avait fait mine de croire à l'erreur de numéro, mais Bolan avait quand même dû sacrifier à la déposition en règle dans les locaux de la Guardia Civil. Aux questions faussement innocentes du policier à propos de son séjour, il s'en était tenu à la fable du repérage de circuit pour le fameux raid et en restant très vague sur le secteur envisagé. Pas question évidemment de faire allusion de près ou de loin à Tingo Maria. Aimable, le flic semblait l'avoir cru, lui avait même indiqué deux ou trois tuyaux sur la région du Parc de Manù où Bolan avait prétendu jeter probablement son dévolu. Comprenant qu'il serait maintenant maladroit de changer d'hôtel, il avait pris la décision de donner satisfaction à son mystérieux correspondant. Il quitterait Lima dès demain matin.

Dès qu'il aurait les renseignements dont il avait besoin. Des renseignements qu'il espérait bien obtenir cette nuit. Il n'aurait alors plus de raisons de rester en ville. Mais il ne quitterait pas le Pérou.

Pas avant d'y avoir fait le ménage.

Il était presque minuit et après avoir garé la Land plus loin vers le port, il était revenu à pied en direction de son objectif : *La Luna*.

Après un tour de reconnaissance « technique » dans le périmètre direct du night, Bolan avait de nouveau longé le mur de grosses pierres sèches derrière lequel se cachait le jardin de l'établissement, puis avait passé un petit porche à l'espagnole au-dessus duquel un balcon bordé de tuiles vernissées et sculpté de blasons déversait toute une cascade de bougainvillées. Devant, plusieurs voitures de classe, dont une berline Mercedes noire flambant neuve, avec chauffeur au volant. Il y avait du beau monde, à *La Luna*. D'ailleurs, dès l'entrée, l'impression « province » du lieu faisait place à la réalité. Une dure réalité. Sous forme de deux portiers-gorilles aux vestes déformées par l'artillerie et aux mains investigatrices, dont la présence n'étonnait personne because le sempiternel *Sentier Lumineux* et ses attentats. Après la fouille, Mack descendit un escalier moquetté de rouge, franchit un vestiaire, fut accueilli par deux hôtesses quasiment nues, à part les paillettes de leurs strings, poussa une porte capitonée, pour déboucher enfin dans le saint des saints, la boîte *in* de Lima.

C'était effectivement une boîte à putes, mais du style plutôt luxe. Tapageur, dorures, glaces et boule tournante en éclats de miroir, ça se voulait très sud-américain des années trente. Contrairement au *Palmitas* où il avait rencontré Media Negra, Bolan ne fut pas agressé par la fumée à son entrée dans l'établissement. La ventilation et la clim fonctionnaient à plein régime. Ici, on risquait davantage la bronchite que le coup de bambou. Sauf peut-être sur les prix, mais c'était sans doute justifié. Architecture hardie conçue sur deux niveaux, scène-nacelle suspendue pour les spectacles, murs, plafonds et bar en laque noire, moquette également noire, piste de danse, grande comme un mouchoir, en dalles de verre éclairées par-dessous, volume sono à crever les tympans et entraîneuses en embuscade dans tous les coins. Belles, savamment déshabillées, affichant toutes le même sourire de tigresses affamées.

Dès son entrée, Bolan fut assailli par une véritable meute, agrippé de partout, dévoré par des regards incendiaires. Mais il suffisait d'avoir un peu voyagé pour déceler au fond des prunelles humides les circuits électriques des caisses enregistreuses qui s'y cachaient.

De vraies professionnelles.

Dans la salle en deux niveaux aux tables éclairées par des photophores, une armée de serveuses en mini vaquaient tout sourire dehors. Derrière le comptoir, un barman et une barmaid officiaient avec des mines de chimistes inspirés. La barmaid se pencha aussitôt vers Bolan pour proposer d'une voix suave :

— Et pour monsieur ?

En parfait anglais. Ici, on savait reconnaître le touriste. Par définition, le plus modeste d'entre eux était un porteur potentiel de dollars. Bolan avait déjà repéré les bouteilles sur les rayons du bar. Tout y était, y compris le meilleur. Il y avait même un superbe magnum de don pérignon 79 en exposition dans un saut à glace en cristal. Au cours du *sol* péruvien, ça ne devait pas être bon marché.

— Hennessy-Glace, commanda-t-il.

Dans la foulée, il se laissa « séduire » par une superbe fausse rousse en fourreau vert à paillettes, qu'il initia aux mêmes libations. Dix minutes plus tard, la fille et lui étaient quasiment copains de régiment. Du moins en façade. Car la fille ne pensait évidemment qu'au fric qu'elle pourrait lui soutirer et Bolan n'avait qu'un seul souci, savoir où il mettait les pieds. Heureusement, toutes les entraîneuses du monde sont bavardes. Après un quart d'heure de conversation mondaine, celle-ci passa aux confidences.

— Moi, dit-elle, enamourée en diable, c'est Rebecca. Et toi ?

— John.

Elle ne dit pas « moi je suis pute, et toi ? », mais enchaîna néanmoins aussitôt :

— T'es dans quoi, toi, dans la vie ?

— Les affaires, répondit-il très évasivement.

Il n'attendait que ça depuis le début.

— Justement, enchaîna-t-il. J'ai quelques trucs à traiter à Lima. On m'a indiqué un super avocat qui vient ici. Un certain Mattéo. Tu connais ?

— Si je connais ! s'exclama la fille. Tu parles ! Il est là tous les soirs, le *señor* Mattéo !

Exactement ce que lui avait dit Media Negra.

— Ce soir aussi ? demanda-t-il.

— Bien sûr, s'esclaffa Rebecca. Il surveille ses placements.

C'est ainsi que tout en examinant les lieux d'un regard attentif, Bolan apprit que le pseudo-nommé Mattéo était également actionnaire de la boîte, qu'il « possédait » cinq entraîneuses, qu'il avait sa table réservée dans une des alcôves de la mezzanine qui surplombait la piste et que c'était « franchement » un excellent avocat. Mais Rebecca n'était pas dans son écurie.

A l'entendre en dire autant de bien, elle devait quand même toucher sa commission.

— Ça me gêne de traiter mes affaires ici, dit-il. Tu ne connaîtrais pas son adresse, des fois ?

La rousse lui jeta un regard incrédule.

— T'es dingue, mon chou ! On n'est pas dans les secrets, nous !

C'eût été trop beau. Bolan aurait nettement préféré s'occuper de ce Mattéo ailleurs que dans cette boîte pleine à craquer, mais ne l'ayant jamais vu, il n'avait guère le choix. Il devait d'abord l'identifier. Il « traiterait » le cas ensuite.

Au bout de quelques Hennessy-Glace et quelques dollars passés de sa poche au sac de la demoiselle, sur la promesse de revenir très bientôt pour elle seulement, il obtint de Rebecca qu'elle lui indique l'alcôve du *señor* Mattéo. La dernière, à gauche de la scène-nacelle. Une scène-nacelle qui descendit des cintres à trois ou quatre mètres du sol et où, justement, le spectacle allait commencer. Une formation musicale de flûte de pan, avec une danseuse déguisée en femelle inca très déshabillée.

— O.K., remercia Bolan en quittant Rebecca. On se revoit.

Il ne précisa pas quand. Louvoyant entre les tables, il grimpa un large escalier en colimaçon, se retrouva sur la fameuse mezzanine, dont le devant était également occupé par des tables. L'arrière-plan était partagé en une demi-douzaine d'alcôves plus ou moins sombres, selon que les bougies étaient allumées ou non. La dernière à gauche était allumée. A cet instant, la musique de danse cessa et un projecteur se mit à cracher une lumière dorée sur la formation « inca » de la nacelle. Le silence se fit dans la salle et la flûte de pan entama son pleur d'un autre âge. Au passage, Bolan remarqua un costaud habillé de gris, apparemment éméché, avec une rose flétrie à la boutonnière et une espèce de houpette brune à la Tintin sur le sommet du crâne, en train de se battre avec le fil de son sonotone. Evidemment, pour les sourds, même un brin allumés, la flûte, ça changeait du funk.

Sans cesser de sonder discrètement le secteur, Bolan se dirigea vers l'alcôve désignée par Rebecca, découvrant dans la lueur de la chandelle un spectacle qui, en d'autres circonstances, l'aurait fait sourire. Assis à la table du boxe tapissé de velours gris, s'avachissait une sorte de poussah à la face gélatineuse, au crâne entièrement chauve et luisant, aux lunettes noires toutes rondes et tétant un énorme cigare. Une bouteille de *pisco* trônait devant lui, avec un seul verre. Cravate dénouée sur un col de chemise débraillé, il se laissait lutiner par deux créatures, tandis qu'une troisième, penchée sur la table dans la chiche lumière, s'appliquait à lui faire les ongles. Image surréaliste, digne d'un film un peu fou. Quand Bolan arriva devant l'alcôve, la « manucure » leva un regard surpris, tandis qu'aux tables voisines, quelques types aux mines de gorilles en rut commençaient à s'agiter discrètement.

Les *baby sitters* du *señor* Mattéo?

Un amateur n'aurait rien remarqué, car savamment disséminés dans le périmètre, les types en question étaient tous accompagnés. Du beau travail. Mais le regard exercé de l'Exécuteur avait aperçu les mains qui glissaient sous les vestes. Ça sentait le souffre. Ou le *señor* Mattéo était un homme extrêmement prudent, ou on l'avait rencardé sur l'éventuelle visite d'un certain John Marlin.

Au moins, Bolan savait où il allait.

Se penchant vers le poussah, il l'apostropha :

— *Señor* Mattéo ?

L'autre parut s'éveiller d'un sommeil profond, leva ses lunettes noires sur Bolan, sembla le jauger longuement, avant de lâcher d'une voix ridiculement fluette et zozotante :

— Qu'est-ce que vous lui voulez, au *señor* Mattéo ?

Sur sa langue, il y avait bien le cheveu évoqué par le gigantesque Raul. Raul qui avait également évoqué une « voix de gonzesse » en parlant de son mystérieux client. Une voix et un zozotement également entendus très récemment par Bolan. Lors du coup de téléphone anonyme qui lui ordonnait de quitter le Pérou. Le monde était extrêmement petit.

— Qu'est-ce que vous voulez ? s'énerva le gros aux lunettes noires.

— Parler, amorça Bolan.

— Vous ne voyez pas que je suis occupé ? De quoi voulez-vous parler ?

Pendant ce temps, Bolan se sentait de plus en plus observé. Par les lunettes noires de l'avocat, comme par ses *baby sitters*. S'arrachant une ombre de sourire, il désigna les filles en précisant :

— D'un problème, dit-il. Un gros problème qui ne souffre pas de témoins.

Au regard que lui lança la manucure, il comprit qu'il ne venait pas de se faire une copine. S'adressant de nouveau à Mattéo, il précisa :

— Un gros problème qui vous intéresse de près.

— Moi ? Un problème ?

— Qui nous touche directement. Vous et moi, insista Bolan.

Restait à connaître le degré de curiosité de l'ex-avocat. Le poussah sembla hésiter, finit par grogner à l'adresse des filles :

— Cassez-vous, les putes.

Langage châtié de l'homme du barreau.

La manucure et une des deux autres disparurent aussitôt, mais toujours collée à Mattéo et une main glissée sous le bas de sa chemise, la troisième ne broncha pas.

— Cette conne ne comprend pas l'anglais, renseigna le Péruvien. Alors, accouchez. Vite.

Sans demander la permission, Bolan s'installa d'autorité sur la banquette, de l'autre côté de Mattéo. Appelant une serveuse au passage, il commanda le magnum de Moët qu'il avait remarqué en arrivant. Le système de la douche écossaise. Mattéo ne devait plus rien y comprendre. A l'instant où deux sbires des tables voisines faisaient mine de quitter leurs chaises, il leur adressa un signe discret qui les fit se rasseoir. Puis, après une courte période de flottement, s'adressant à Bolan de sa voix de castré, il déclara, hautain :

— Je n'ai guère de temps, *señor*...

— Marlin, déclina Bolan. John Marlin.

L'avocat radié eut un raidissement de toute son adipeuse personne et Bolan aurait bien aimé voir l'expression de ses yeux. Mais les ridicules lunettes noires demeuraient fixées sur son nez.

— C'est drôle, dit-il.

Il sembla à Bolan que la voix avait encore viré soprano, mais le Moët arrivait dans son seau et il dut attendre que la serveuse ait rempli les coupes pour questionner :

— Qu'est-ce qui est drôle?

— Ce nom, répondit Mattéo. Ce nom de Marlin... comme la fameuse carabine?

Pas si bête, le *señor* Mattéo. En tout cas, il connaissait les armes. Ou bien quelqu'un lui avait fait un cours là-dessus. De toute façon, depuis le début, son attitude trahissait un malaise. Cela se sentait à d'infimes détails, notamment et malgré les caresses de la fille, cette raideur symptomatique du buste qui le faisait ressembler à une statue. S'il était effectivement à l'origine de son agression au Rimac, c'était normal. Il savait déjà ne pas avoir affaire à un débutant. Et encore, il ignorait toujours que ce même Marlin avait décimé l'équipe de *Loco*. Levant sa coupe, Bolan mentit :

— J'ignorais porter un nom de carabine.

— Vraiment?

Mattéo ne le croyait évidemment pas. Passant outre, sa coupe toujours levée, Bolan encouragea :

— Goûtez. C'est ce que l'on fait de mieux, dans le genre.

La fille louchait sur le Moët comme un chien sur un os. Mais le Péruvien avala le contenu de sa coupe sans lui en proposer, et, boudeuse, elle se remit à pétrir la grosse panse sous la chemise. Une chemise dont un bouton s'était défait et qui bâillait un peu, dévoilant une espèce de sous-vêtement matelassé. Inattendu sous ces latitudes. A l'instant où la fille allait pousser plus loin ses investigations, sa main sembla éprouver des difficultés à soulever le sous-vêtement et Mattéo la repoussa avec humeur, lui jetant une insulte en espagnol. Mais le mal était fait. Bolan avait compris. Un gilet pare-balles!

L'ex-avocat portait un gilet pare-balles. Clair, légèrement matelassé. Sans doute en kevlar. Une matière très légère, résistant aussi bien, sinon mieux, que les anciens systèmes aux projectiles de toutes sortes.

Le *señor* Mattéo était décidément un homme très méfiant.

Surveillant toujours les gorilles endimanchés, Bolan proposa :

— Ne pourrait-on se parler ailleurs? Tout ce monde...

— On est bien ici, coupa aussitôt le Péruvien. D'ailleurs, *La Luna*, c'est aussi chez moi. Vous me feriez affront en insistant.

La vertu blessée. Avec le ton en plus. A la limite du méprisant. L'avocat marron ne se prenait pas pour une brèle. Bolan lui sourit presque gentiment, hocha la tête. Puisqu'il n'y avait pas moyen de faire autrement...

— Je comprends, dit-il.

— Dans ce cas, parlez, exigea Mattéo d'un ton encore plus cassant. J'ai beaucoup à faire.

Il avait beau jouer les gros bras, Bolan le sentait toujours aussi mal à l'aise. Comme s'il avait redouté quelque chose.

— Mon problème est simple, fit Bolan. Il tient en deux interrogations.

Il marqua un silence et ce fut Mattéo qui le poussa :

— Interrogations?

Bolan acquiesça, laissa tomber dans la foulée :

— Primo, les *narcos*.

Le front suiffeux du Péruvien se plissa.

— Les *narcos* ?

Bolan jeta un regard en coulisse autour d'eux. A l'instar de Mattéo, il commençait à ressentir un certain malaise. Comme si quelque chose en lui s'était attendu à un événement désagréable. Quelque chose d'impalpable qui flottait dans l'atmosphère et qui agaçait la peau. Pendant ce temps, les derniers accords lancinants de la flûte de pan achevaient de se tordre au-dessus des têtes et le corps lascif et presque nu de la danseuse se fondait peu à peu dans le rayon déclinant du projecteur. Une ambiance à la fois envoûtante et sereine. Presque trop.

— Les *narcos*, répéta l'ex-avocat. Qu'aurais-je à voir avec ces gens, *señor* Marlin ?

Bolan soupira. A cet instant, le numéro de la nacelle s'acheva et la sono du night se remit à faire trembler l'air. Pour se faire entendre, Bolan dut se pencher à l'oreille de Mattéo pour crier :

— Je veux tout savoir sur les *narcos* péruviens. Tout et sur tous.

L'ex-avocat marqua un temps mort assez long, puis, toujours aussi hautain et crispé, il lâcha :

— Désolé, je ne peux rien pour vous.

Le Péruvien semblait soudain encore plus tendu. Il avait posé les deux mains à plat sur la table, comme s'il s'apprêtait à se lever et la gélatine de son triple menton tremblait comme une pâtisserie anglaise.

— Je sais que c'est faux, tenta Bolan en criant pour couvrir les décibels. Je sais que vous traitez avec eux et que vous vous occupez de leurs affaires en matière de banque.

— Vous êtes fou ! Je...

— O.K., coupa l'Exécuteur. On verra ça plus tard. Passons à l'interrogation « secondo ».

Mattéo lançait à présent des regards inquiets vers la salle et la fille ne savait plus quel comportement adopter. Bolan se demandait pourquoi il ne la renvoyait pas. Tournant sa face gélatineuse vers lui, le Péruvien grinça de sa voix de fausset :

— Je vais vous...

— Tu ne vas rien du tout, coupa encore Bolan en adoptant soudain le tutoiement. Tu vas d'abord répondre à ma deuxième interrogation. Tu vas me dire pourquoi tu m'as cherché des crosses l'autre nuit et pourquoi tu as donné l'ordre d'exécuter cette Jennifer Dobs.

L'ex-avocat sursauta comme sous le coup d'une violente piqûre. Fou de rage et sans doute de peur aussi, il haletait, cherchant des mots qui ne venaient pas. Après quelques secondes d'étouffement presque total, il parvint à inspirer une goulée d'air et finit par cracher :

— Foutez le camp ! Je vais...

Mais soudain, Mack Bolan n'écoutait plus. Il venait de comprendre ce qui l'avait choqué à son arrivée. Un détail. Un simple détail, mais qui, subitement, prenait une importance considérable.

Le sonotone !

Une prothèse auditive équipée d'un fil. Le type d'appareil dépassé depuis longtemps. Maintenant, on utilisait des engins miniaturisés. Autonomes. Sans fil. Or, le costaud au sonotone aperçu plus tôt venait de se dresser face à eux. Avec sa houpette à la Tintin, sa rose flétrie et son appareil acoustique dépassant de l'oreille, il aurait pu être ridicule. Il ne l'était plus du tout. Sans doute à cause des petits yeux glacés qu'il fixait sur eux, sans doute aussi à cause de son bras tendu droit devant lui. Droit sur Bolan. Un bras prolongé de la forme noire d'un gros automatique !

Avec un réducteur de son.

L'index du tueur était sur la détente. Et dans son regard froid comme la mort, celle de Bolan était inscrite. En lettres d'acier, de feu et de sang.

CHAPITRE XII

La mort était là à trois mètres à peine. Les ogives meurtrières allaient jaillir et tout serait terminé. Pourtant, Mack Bolan n'avait pas peur. Depuis le temps qu'il dansait dans les plis du suaire couleur de nuit de la grande faucheuse, il avait appris à se faire à l'idée que ce duel-ballet s'arrêterait un jour. C'était dans l'ordre des choses, la mort finissait toujours par triompher. Mais alors que le doigt du type se crispait sur la détente et que l'instinct guerrier de l'Exécuteur avait déjà évalué l'instant du tir à la micro-seconde près, quatre événements se déroulèrent simultanément.

Mattéo tendit les mains devant lui comme pour se protéger et l'une d'elles parut éclater dans un jaillissement pourpre. Dans le même quart de seconde, le front du tueur au sonotone s'ouvrit dans un jaillissement identique et deux *baby sitters* plus rapides que les autres firent parler la poudre en même temps. Plusieurs fois.

Incrédule, l'Exécuteur avait noté les réducteurs de son équipant toutes les armes. Il vit aussi le tueur tressauter sous une giclée d'impacts. Il n'avait lui-même fait cracher le Browning GP planqué sous la table qu'une seule fois. Le front éclaté du tueur à la houpette, c'était sa 9mm Parabellum. Mais il ne comprenait pas encore pourquoi les deux autres avaient tiré eux aussi sur « Tintin ». Cela n'avait d'ailleurs qu'une importance relative. Car, maintenant, c'étaient tous les calibres des affreux qui étaient pointés sur Bolan. Bizarrement, Mattéo ne semblait pas s'être aperçu de la blessure de sa main. Une main qui pissait le sang, mais qui restait tendue devant lui en s'agitant comme une damnée. Une main qui avait été transpercée par le tir de feu « Tintin ». Ça ne pouvait être une erreur balistique et l'Exécuteur avait compris : ce n'était pas lui que visait le flingueur, mais Mattéo. Une belle embrouillle. Pendant ce temps, le poussah essayait en vain de s'arracher à la banquette trop profonde en hurlant :

— Tuez-le ! Tuez-le !

Il désignait Bolan.

— Flinguez-le !

Mais l'Exécuteur possédait deux atouts. La sono qui hurlait elle aussi et, surtout, le GP qu'il avait conservé sous la table et dont tout le monde semblait encore ignorer l'existence. Un GP qu'il avait réussi à soustraire à la fouille de l'entrée en l'ayant préalablement glissé entre la tige de sa Nike et sa cheville.

Les vieux trucs fonctionnaient toujours.

Pendant ce temps, hormis les rares témoins directs du drame, le night continuait à vivre son insouciance artificielle. Tout près de là, une femme s'évanouit, tandis qu'au lieu de s'occuper d'elle, son compagnon se mettait à crier d'appeler la police. Un des gorilles marcha sur lui, l'assomma d'un seul coup de poing. Pendant ce temps, deux de ses collègues menaçaient discrètement les rares témoins du massacre de leurs armes, tandis que les autres tenaient toujours Bolan en respect. Tétanisée, la fille assise près de Mattéo demeurait la bouche ouverte et il semblait que ses grands yeux un peu niais allaient jaillir hors de leurs orbites. Le sang du poussah avait éclaboussé le bas de son visage et son profond décolleté.

— Butez-moi ce fumier, bordel ! cria encore le poussah. Faites-lui sauter la...

Il se tut soudain en se laissant retomber sur la banquette. Il venait seulement de voir sa main transpercée. Haletant, il fixa ses lunettes sur la face de Bolan, tremblant de tous ses membres.

— Je crois qu'ils ne sont pas sûr d'eux, fit Bolan à son oreille.

En effet, plaqué comme il l'était à Mattéo, celui-ci risquait d'encaisser autant que lui. Et en vrais pros, les gorilles l'avaient compris. Ils attendaient le moment opportun. La fameuse erreur de l'adversaire qui fonctionne dans tous les films du genre. Mais on n'était pas au cinéma et Bolan n'était pas un adversaire ordinaire. Dès le début de l'action, sa main gauche avait croché dans la ceinture du pantalon de Mattéo, empêchant celui-ci de s'enfuir. Et maintenant, le réducteur de son du Browning n'était plus dirigé vers la salle. Il venait de s'enfoncer dans les reins épais du Péruvien. Juste à la limite du gilet en kevlar.

Mattéo eut un brusque haut-le-corps, tandis que l'Exécuteur lui intimait :

— On va faire un tour. Si tes sbires font les cons, tu morfles.

Complètement dépassé, le Péruvien ouvrit la bouche comme un poisson hors de l'eau, sembla sur le point de se remettre à hurler, puis, se ressaisissant brusquement, il lâcha de sa voix de fausset :

— Il... il me faut un médecin!

— Plus tard, fit Bolan. D'abord tes flingueurs.

Mattéo hésita, mais il n'avait pas le choix et il fit signe à ses pistoleros de se tenir tranquilles. Il y eut un instant de flottement chez les intéressés, puis, prenant l'initiative, l'un d'eux se baissa pour tirer « Tintin » sous sa table.

— On y va, ordonna Bolan.

Le dur contact du réducteur de son dans les reins de Mattéo était là pour lui rappeler d'être prudent. Ce qu'il fit avec un zèle frisant la maniaquerie. En passant devant le gorille le plus proche, Bolan grogna à l'oreille de l'ex-avocat :

— Dis-lui de faire passer le mot. Si j'en vois un seul nous suivre, je troue ta paillasse.

— Oui, oui! souffla le poussah.

Maintenant que le choc de la balle était passé, il devait souffrir beaucoup. Il répercuta la consigne et l'autre, un *chulo* au front bas qui ressemblait à Raul, battit des paupières en signe d'acquiescement.

— O.K., fit Bolan. En avant.

Serrés l'un contre l'autre comme deux vieux amis, ils se mirent à avancer vers l'escalier en colimaçon.

— Ta main, ordonna encore l'Exécuteur. Dans ta poche.

Pas question de se faire remarquer. Heureusement, maintenant que le spectacle « inca » était fini, hormis dans le noyau de témoins toujours tenus en respect par les gorilles, les conversations et les flirts avaient repris et personne ne s'occupait d'eux. Sentant toujours le poids des regards des flingueurs dans sa nuque, L'Exécuteur poussa Mattéo dans la cage d'escalier.

— On descend.

Ils croisèrent la serveuse qui sembla étonnée de voir le Péruvien partir si vite, surtout sans son armée de *pistoleros*. Mais ici, on ne devait guère poser de questions au *señor* Mattéo. Saluant ce dernier d'un sourire, elle disparut vers la mezzanine.

Là-haut, elle aurait sûrement d'autres surprises.

— Tu as une voiture? questionna Bolan.

— Une... une Mercedes. Devant la porte. Mais il y a mon chauffeur.

Celle que Bolan avait aperçue à son arrivée. Il acquiesça :

— On la prend. Le chauffeur aussi.

En bas, ils traversèrent la salle sans presque se faire remarquer. Seule, la rousse Rebecca adressa un sourire incendiaire à Bolan. Elle était maintenant occupée à une table bourrée de mâles en rut. C'était l'heure d'affluence, et il semblait que tout Lima se soit donné rendez-vous ici. Mais pour franchir la sortie, ce fut une autre paire de manches. Les deux cerbères de service avaient à peine levé les yeux sur eux qu'un étrange incident survint. Aux pieds de Bolan.

Une tuile.

Une tuile plate et vernissée qui éclata au sol avec un bruit sec. Un éclat de terre cuite alla frapper la belle carrosserie de la limousine Mercedes et l'Exécuteur vit son chauffeur lancer d'abord un regard dans leur direction, puis vers le ciel. Ou plus exactement, le petit toit qui surmontait le balcon fleuri de bougainvillées, juste au-dessus du porche qu'ils venaient de franchir. Dès lors, les réflexes de Bolan jouèrent comme à l'entraînement. Tirant Mattéo dans son sillage, il avait bondi de côté, levé le canon du Browning et lâché deux ogives de 9mm en direction de l'objectif. Juste pour se couvrir. Cela n'empêcha évidemment pas la rafale de grêlons meurtriers de ricocher sur le trottoir. Une rafale courte qui avait crevé l'asphalte à l'emplacement exact où s'étaient trouvés les deux hommes un quart de seconde plus tôt.

— Eh ! cria Mattéo. Qu'est-ce que...

Son exclamation fut couverte par deux autres sons. Celui du GP qui toussait de nouveau dans le poing de Bolan et celui du moteur de la Mercedes que le chauffeur venait de lancer. Bien sûr, le tireur s'était planqué et la balle de l'Exécuteur ricocha sur un blason sculpté.

En principe, toute retraite était coupée.

Mais dans le mouvement, Bolan s'était sensiblement approché du coin du mur de pierres sèches du petit parc de *La Luna* qu'il avait contourné à son arrivée. Mouvement volontaire qui pouvait tout changer. Tandis que le chauffeur s'escrimait à vouloir dégager la Mercedes coincée entre deux voitures, il tira encore Mattéo en arrière, parvint à l'endroit souhaité, plongea son bras dans une anfractuosité naturelle d'où, là encore, des fleurs croulaient en cascades. Dans la seconde suivante, elle en ressortait armée de l'Ingram M.10. L'Ingram que Bolan y avait déposé en arrivant.

Mais au lieu d'arroser le balcon d'où étaient partis les coups de feu, il fourra l'Ingram dans sa ceinture, plongea de nouveau la main dans le trou et la ressortit presque aussitôt avec deux grenades.

Deux belles grenades à fragmentation fournies par le *señor* Gomez. Restait à savoir si elles fonctionneraient.

— Qu'est-ce que vous allez faire ! s'étrangla Mattéo plus gélatineux que jamais. Vous êtes fou !

Les cerbères enfouraillés de *La Luna* venaient d'apparaître sur le seuil de l'établissement et leurs flingues étaient déjà sortis. Ils ignoraient seulement sur qui tirer. De loin, l'Exécuteur cria :

— Foutez le camp!

Heureusement, la ruelle était déserte et les deux méchants d'opérette prudents. Ils disparurent et Bolan porta l'anneau de goupille de la première grenade à sa bouche. Il l'arracha d'un coup de dent, laissa passer trois secondes et son bras se détendit dans un mouvement ample et presque lent. La poire mortelle décrivit une gracieuse parabole, donna l'impression de monter trop haut, avant de redescendre toujours aussi gracieusement pour aller disparaître derrière l'encorbellement du balcon sculpté. Il entendit un juron, vit une ombre qui plongeait vers le bas.

Et ce fut l'explosion.

Une explosion sèche et forte qui fit trembler l'espace. Des débris montèrent vers le ciel noir, retombant en s'éparpillant tous azimuts. Des vitres brisées tintèrent, des cris résonnèrent et la sirène d'alarme d'une voiture se mit à hurler à la mort.

— *Santa Maria*! s'étrangla Mattéo.

Il tremblait comme une feuille. Enfouissant l'autre grenade dans sa poche de blouson et remplaçant dans sa paume la crosse du Browning par celle de l'Ingram, l'Exécuteur le poussa vers la Mercedes que le chauffeur essayait toujours de dégager. Il ne fallait pas traîner dans le secteur. Dans cinq minutes, la Guardia Civil, la Dircote et autres Sinchis allaient débarquer en flinguant tout ce qui bougerait. Le syndrome du *Sentier Lumineux* perdurait. Mais alors qu'ils n'étaient plus qu'à quelques mètres de la voiture, Bolan comprit que le combat avait encore changé de face.

Trois types jaillissaient d'une encoignure de porte et le bras du chauffeur de la Mercedes émergeait par l'ouverture de la glace de portière. Les trois types étaient armés de fusils à canons sciés et le chauffeur, d'un gros automatique.

Canon pointé... sur Mattéo!

— Attention! cria Bolan en levant l'Ingram.

Mais déjà, l'enfer se déchaînait.

CHAPITRE XIII

Un enfer de billes de plomb qui ricochaient partout, crevant les carrosseries, s'écrasant sur les façades, brisant tout sur leur passage. Autour d'eux, l'Exécuteur entendait des cris, des appels et des insultes en espagnol. Mattéo se mit à hurler et essaya de lui échapper. En une fraction de seconde, Bolan sentit l'univers s'embraser et le vent de la mort cisailler la nuit autour de lui.

Des chevrotines!

Il vit l'ex-avocat sursauter, mais il avait déjà plongé sur lui. Dans le mouvement, tel un rugbyman, il le plaqua au trottoir comme une crêpe, lui faisant perdre ses lunettes et retournant sa main blessée. Cette fois, Mattéo poussa un véritable barrissement. Ça devait faire très mal, mais l'Exécuteur ne s'occupait plus de lui. D'une très courte rafale, il avait repris l'initiative. A dix mètres de là, le chauffeur de la Mercedes sembla subitement pris de la danse de Saint-Guy et toute la moitié gauche de son crâne vola en éclats, répandant sang et cervelle autour de lui. Le gros automatique tomba sur la chaussée avec un bruit mat et l'Exécuteur remarqua le chargeur anormalement long qui dépassait de la crosse.

Un Star B. espagnol. Avec son chargeur de 32 cartouches.

Comme celui que lui avait fourni Gomez. Le monde de l'armement était bien petit. D'une autre rafale de l'Ingram, il fit exploser l'épaule d'un des trois nouveaux venus. L'épaule du bras qui tenait le fusil. Il doubla aussitôt sur son voisin direct, lui fit éclater la cage thoracique. Mais le pourri avait déjà lâché la purée et les chevrotines détournées allèrent cribler la Mercedes et son cadavre de chauffeur. Pendant ce temps, le troisième tireur semblait dépassé par la violence de la réaction. On avait dû lui faire miroiter une promenade de santé et il venait de comprendre la situation. Se plaquant au mur, il essayait de regagner l'encoignure de porte d'où il était venu. Il tira une cartouche en direction de Bolan, mais celui-ci avait roulé derrière une voiture en stationnement, entraînant Mattéo avec lui. Les chevrotines ricochèrent à l'emplacement qu'ils venaient de quitter et réalisant son erreur, le tueur lâcha de nouveau deux cartouches, tout en reculant encore de deux pas. Les derniers.

La courte rafale de 9mm parabellum lui ravagea littéralement la face. Se dressant, tel un diable sortant de sa boîte, il lâcha sa dernière cartouche, criblant ce ciel qui le rappelait à lui, avant de s'affaler contre le mur. A moins d'un mètre de l'encoignure qui aurait pu le sauver.

Il ne s'était pas encore écroulé au sol que l'Exécuteur avait déjà assimilé la nouvelle donne. Devant lui, plus personne. Derrière, c'était apparemment la même chose. D'un bond, il fut sur ses pieds, et surveillant le secteur d'un œil, il attrapa Mattéo par le col en le secouant :

— Magne, pourri. Y a urgence.

Mais outre une sorte de râle passant à peine ses lèvres, le Péruvien ne réagissait pas. Tombé dans les pommes. Toujours par le col, Bolan le traîna d'une seule traite jusqu'à la Mercedes dont il ouvrit la portière côté chauffeur. Basculant d'une masse, ce dernier s'effondra, recroquevillé sur le mauvais asphalte, couché sur son Star B. devenu inutile. Sans perdre de temps à récupérer l'arme, l'Exécuteur enfourna l'avocat dans la limousine, le repoussa sans ménagement sur le siège du passager, s'installa au volant et sans chercher à faire dans la dentelle s'arracha du trottoir... en emportant le lambeau d'une aile de Ford.

Juste au moment où une meute de flingueurs hystériques jaillissait sous le porche de *La Luna*.

En d'autres circonstances, l'Exécuteur n'aurait certes pas décroché ainsi d'un théâtre d'opérations, mais il avait plus important à faire. Tirer les vers du nez de Mattéo. Dans un dernier réflexe, tandis que la Mercedes s'élançait en faisant hurler ses chevaux, Bolan envoya une longue rafale à ras de terre. Exactement dans la ligne des roues des véhicules encore stationnés devant le night. Dommage pour les innocents éventuels, mais le nettoyage de leur ville valait bien quelques pneus abîmés. Pas question d'être pris en chasse. Pour la suite du programme, l'Exécuteur préférait être tranquille.

Un moment plus tard, il arrêtait la Mercedes à l'angle de l'Avenida La Paz. Presque en front de mer, juste derrière la Land-Rover. Dans deux minutes, le signalement de la Mercedes serait diffusé à toutes les polices. Bolan se voyait mal entrer en guerre contre tout le Pérou.

— Go ! intima-t-il au Péruvien. On descend.

Mais Mattéo était toujours dans les vapes. Bolan le secoua, n'obtint qu'un vague gémissement. A cet instant seulement, il remarqua le sang qui sourdait de son pantalon. Dans l'alpaga, il y avait deux trous. Au milieu de l'abdomen, à cinq centimètres l'un de l'autre. L'avocat marron avait morflé. D'un regard circulaire, l'Exécuteur vérifia que la voie était libre. Il était plus d'une heure du matin et Lima dormait comme une sous-préfecture. Seuls les palmiers du quartier de La Perla semblaient respirer, oscillant doucement dans l'air immobile. Mais au loin, on percevait déjà le concert lancinant des sirènes de la Guardia Civil. L'alerte avait été donnée, la chasse allait commencer. Pour l'Exécuteur, Lima deviendrait vraiment zone à risques. Contre la police, il ne pourrait rien. Il n'était pas là pour tuer du flic. Moralité, il avait intérêt à disparaître très vite.

— J'ai... mal !

Mattéo venait d'entrouvrir les yeux. Des yeux privés de lunettes noires et que Bolan voyait pour la première fois. Des yeux de goret. Complètement exempts de cils et aux paupières rongées de conjonctivite.

— J'ai mal !

Il ne devait effectivement pas rigoler. Bolan alla ouvrir la Land, revint sortir Mattéo de la Mercedes, le chargea sur son épaule et l'installa le mieux qu'il put entre les caisses de son arsenal.

— Ça va aller, assura-t-il.

C'était évidemment un pieux mensonge. Il aurait fallu le transporter d'urgence à l'hôpital. Et encore. Il se vidait littéralement. Dans un moment, il entrerait dans le coma et il n'y aurait plus rien à faire. L'Exécuteur se réinstalla au volant, démarra, fila aussitôt vers le nord en contournant prudemment Bellavista. Aux environs de Jorge Chavez Airport, il y avait suffisamment d'endroits tranquilles pour discuter. Le tout était d'y arriver sans faire de mauvaises rencontres.

Comme, par exemple, cette voiture de la Guardia Civil dont le girophare venait d'apparaître à l'angle de l'Avenida Venezuela, et qui avançait droit sur la Land-Rover. Tous les nerfs soudain tendus, l'Exécuteur chercha une voie de dégagement. Mais à cet endroit, l'Avenida La Paz était toute droite et aucune rue transversale n'y débouchait. Il se dit alors que, comme l'autre soir, il allait en être quitte pour un coup de lampe en pleine figure.

A Lima, on n'ennuyait pas les étrangers.

N'ayant pas d'alternative, il ralentit sagement, vit la voiture bicolore arriver à sa hauteur, ressentit une morsure à l'épigastre en entendant le crissement de ses freins mal réglés. La voiture allait s'arrêter.

Par la glace baissée de la Land, il croisa le regard du chauffeur et il s'attendait au fameux coup de lampe, quand une main jaillie de la glace arrière lui intima l'ordre de stopper. L'estomac noué, il dut obéir et la Land s'immobilisa, tandis qu'un visage s'encadrait à son tour dans l'ouverture de la vitre arrière.

Et cette fois, Bolan se dit que c'était cuit.

— *Buenas noches, señor* Marlin. On se promène ?

Le lieutenant Oliveira !

*
**

— Pablo ! Occupe-toi de moi, bordel !

Media Negra était de mauvaise humeur. Les murs étaient pleins d'araignées. De monstrueuses mygales fluos dont les yeux en forme d'ampoules s'allumaient au rythme d'une salsa endiablée. Une musique dont Media Negra savait pertinemment qu'elle n'était que dans sa tête. Il n'était pas encore suffisamment défoncé pour entrer de plain-pied dans son coke-délire. D'habitude, il adorait les araignées de ses fantasmes, or celles-là l'agaçaient. Pas assez lumineuses. Pas suffisamment pour oublier la crasse et l'odeur de ce gourbi infâme qu'il squattait à la lisière du Rimac. D'anciens ateliers de chaudronnerie qui sentaient la pourriture et l'huile rance. L'eau et l'électricité étaient piratés sur les réseaux de la ville et c'était heureux qu'il ne pleuve jamais à Lima, car la moitié des tôles du toit avaient été pillées. Bien sûr, avec le pognon de ses *deals*, Media Negra aurait pu s'offrir un loyer, mais le fric, il préférait le dépenser pour un autre usage : les très jeunes garçons.

Encore fallait-il que la coke le fasse un peu voyager. Faute de quoi, ses vieux blocages coinçaient tout. Précisément comme cette nuit où rien ne fonctionnait. Ni le sexe, ni les araignées.

De rage, il envoya un furieux coup de pied au jeune garçon agenouillé contre sa paillasse. Un très beau jeune garçon qui n'avait pas encore atteint ses quinze ans, mais qui n'avait habituellement pas son pareil pour confectionner les lignes de coke. Pas son pareil non plus pour réveiller la chair de plus en plus flapie de l'indic.

Habituellement, mais pas cette nuit.

Media Negra avait eu tort d'initier ce petit merdeux à la sniffette. Ce soir, trop préoccupé lui-même par sa recherche de fantasmes, il ne l'avait pas surveillé et le gamin en avait profité. Complètement *stone*, le môme. Il dodelinait de la tête, affichant un rictus béat, intégralement dans son trip. Lui expédiant un autre coup de pied, Media Negra grinça :

— Occupe-toi de moi, sale petit con !

Un jour, il tuerait cet abruti, puis il monterait dans le Rimac pour s'en acheter un autre. Des parents qui avaient besoin de fric, il y en avait des milliers. Et le prochain, il le prendrait encore plus beau. Et encore plus jeune. Pour mieux le former.

— Eh ! hurla-t-il en attrapant un des deux gros Colt 45 Commander qu'il conservait toujours sous son oreiller. Tu t'occupes de moi, ou je te flingue !

Le gosse abaissa un regard absent et trouble sur la nudité efflanquée et blême de l'indic, sembla hésiter, puis, lâchant le morceau de vitre cassée sur lequel il dressait les lignes de coke, il se mit à rire à gorge déployée. Un vrai rire de gamin. Dans son rêve artificiel, la laideur de son « bienfaiteur » lui était subitement apparue dans tout son ridicule. A hurler de rire.

— T'as tort de faire ça, petit. Vraiment tort.

La voix de Media Negra avait subitement changé. Plus grave. Presque belle. Dans son poing, le Combat Commander ne tremblait pas et son canon était exactement pointé sur le front lisse du gamin. Un gamin de quatorze ans qui riait toujours.

— T'as vraiment tort, mon petit Pablo, répéta Media Negra encore plus bas. Vraiment.

Dans sa rage glacée, il était prêt à tout et il en avait conscience. Comme il savait déjà que dans moins de trois secondes, le crâne de ce petit salaud éclaterait sous l'impact de la 45. Il n'aurait pas le moindre remords. Il n'en avait jamais. Pourtant, des petits cons comme celui-là, il en avait déjà flingué plusieurs. Au moins trois. Peut-être quatre. De bons, de très bons souvenirs.

Déjà, à l'idée de recommencer, il en salivait presque. Dans la lueur tremblante de l'unique bougie allumée dans la pièce, sa bouche s'était étirée dans un rictus, dévoilant son unique chicot. Un rictus de presque bonheur. Quand il se sentait sur le point de tuer un de ces petits profiteurs, c'était toujours comme ça.

Quasiment l'orgasme.

Et son index blanchit sur la détente.

Mais contrairement à l'explosion attendue, il n'y eut qu'un modeste « flop ». Presque capiteux. Un bruit de bouchon qui saute. Cela se répercuta en un bref écho sous la voûte du squatt. D'abord, Media Negra ne comprit pas. Il vit seulement que le 45 s'était arraché de sa main et que le sang giclait de son poignet éclaté. La douleur ne vint qu'une ou deux secondes après. Atroce. Pourtant, Media Negra ne cria pas et aucune grimace de souffrance ne déforma sa face bicolore. Tétanisé, la bouche encore figée sur son rictus et ses petits yeux délavés emplis d'incrédulité, il fixait la grande silhouette sombre qui venait d'apparaître à l'entrée de son capharnaüm. Une silhouette qu'un contre-jour venu d'on ne sait où découpait d'une lueur bleuâtre. Comme une sorte d'aura, où flottaient les méandres évanescents d'une légère fumée.

— *Buenas noches, basura*![1]

La voix!

Une voix d'outre-tombe qui résonna sinistrement en venant ricocher contre le cerveau embrumé de Media Negra. Une voix qui, malgré les vapeurs de la drogue, lui fit froid dans le dos. Une peur glacée. Viscérale. Puis la douleur de son poignet s'intensifiant d'un coup, il ouvrit davantage la bouche, sentant enfin monter le cri de ses entrailles dévastées par la trouille... et il vomit.

— Il ne faut pas tuer les enfants, Media Negra, fit encore la voix. Il ne faut pas.

Les pas presque silencieux du grand diable noir s'approchèrent du grabat et, de plus en plus *stone*, le jeune garçon se réfugia dans un coin, éclatant de nouveau d'un rire presque dément.

— Et il ne faut pas trahir, ajouta encore la voix sépulcrale. Jamais.

Le propriétaire de la voix était entré dans la zone de lumière et son visage apparut, granitique. Aussi glacé que sa voix. Bien sûr, malgré son trip naissant, l'indic avait parfaitement identifié ce John Marlin, mais il était dépassé par sa présence ici. Cela devait se voir à son expression, car l'Américain reprit :

— Il faut que je te raconte, pourri. Il faut que je te raconte ce qui m'est arrivé. Pour que tu te rendes compte à quel point tu n'as pas de chance.

— Je..., commença Media Negra. Qu'est-ce que vous...

1. Bonne nuit, ordure.

— Ne t'énerve pas, coupa le grand diable. Ça ferait monter ta fièvre. Ecoute plutôt.

Media Negra vit l'Américain marquer un temps, avant de l'entendre enchaîner :

— Comme tu me l'avais dit, j'ai effectivement trouvé le *señor* Mattéo. C'est même lui qui m'a dit où te trouver. Lui, il était bien dans cette boîte à putes que tu m'as indiquée et j'ai pu lui parler. Il était très entouré. Très. Y compris par des gens en qui il n'aurait pas dû avoir confiance.

— Ah? fit stupidement Media Negra.

Tel un rat fasciné par un serpent, il ne pouvait détacher ses petits yeux délavés du regard de l'Américain. Malgré la drogue, il se rendait bien compte que tout allait très mal pour lui et son cerveau ramolli essayait en vain d'analyser la situation. Il était complètement déstabilisé. Au point que sa souffrance était reléguée en arrière-plan. Il attendait la suite, complètement hébété.

— Tu avais dit vrai, pourri. Mattéo savait effectivement plein de choses sur ses amis les *narcos*. Mais figure-toi qu'il n'avait pas précisément toute leur confiance et qu'ils avaient retourné deux types à lui. Un de ses flingueurs et son chauffeur. Un flingueur que j'avais cru sourd! Tu te rends compte?

— Ah?

Le grand Américain sourit d'un air absent.

— Tu te rends compte? Un flingueur sourd! C'est idiot, pas vrai?

— Euh...

— Mais le type n'était pas sourd du tout. Ce que j'avais pris pour un sonotone n'était en fait qu'un récepteur miniaturisé. Un écouteur relié à un émetteur également miniaturisé que le flingueur avait planqué sous la table de Mattéo. Alors, forcément, il a tout entendu de notre conversation, le gorille. Et il a compris le danger.

— Qu'est-ce que...

— Alors, coupa encore l'Américain à la voix sépulcrale, ce qui devait arriver s'est bel et bien produit. Quand Mattéo a commencé à se déboutonner, le flingueur retourné a voulu exécuter les ordres de ses boss, les *narcos*.

— Ah?

Media Negra ne se rendait même plus compte de la quantité de sang qui coulait sans discontinuer de son poignet éclaté. Et, grâce à la drogue, sa douleur demeurait à la limite du supportable. Alors, de plus en plus fasciné, il regardait son interlocuteur, toujours sans comprendre.

— Heureusement, reprit ce dernier, j'étais là. Avec mon petit copain.

Il désignait le gros automatique à réducteur de son qu'il ne braquait même plus sur Media Negra.

— Et mon petit copain a tué le vilain gorille. Mais... mais de toute façon, Mattéo n'avait pas été gravement touché. Grâce au gilet pare-balles qu'il avait enfilé avant de se rendre à *La Luna*. Un gilet pare-balles! Tu te rends compte? Il devait sacrément se sentir menacé, Mattéo. Non?

— Je...

— Forcément, qu'il se sentait menacé, Mattéo. Car comme je l'ai appris plus tard de sa bouche même, il avait été prévenu de ma visite.

— Ah?

— Par un très bon ami à lui.

— Je...

— Ou plutôt, corrigea aussitôt l'Américain, par un très bon ami de tout le monde. Un type en or qui sait tout et qui dit tout à tous ceux qui le payent assez cher pour ça. Aussi bien aux DEA qu'aux *narcos* et aux types comme moi.

— Je... je voulais pas!

— Chut! Ne t'énerve pas, j'explique. Donc, continua le grand diable américain, il était prévenu et il avait enfilé son gilet en kevlar. Chose que le gorille félon et le chauffeur ignoraient complètement. Seulement le chauffeur, lui, après avoir suivi par le même système radio ce qui se passait à *La Luna*, a prévenu d'autres tueurs à la solde des *narcos* et quand on s'est pointés dehors, Mattéo et moi, pour aller bavarder ailleurs, il y avait un comité d'accueil. Même le chauffeur s'y est mis. Il a fini par envoyer deux bastos dans les tripes de son boss. Juste sous le fameux gilet pare-balles.

— Ecoutez ! lança Media Negra d'une voix mourante. Ecoutez ! Je... c'est pas ma faute. S'ils avaient appris que je jouais contre eux, ils m'auraient buté !

— Je sais, je sais ! Mais attends la suite. Rien que pour voir à quel point tu as la scoumoune collée au cul, sourit l'Américain. Figure-toi qu'en principe, malgré le fait d'avoir échappé à la mort et d'avoir buté les flingueurs, je ne devrais pas être là.

— Je...

— Figure-toi que j'ai bien failli me faire gauler par les flics. En compagnie de mon arsenal et d'un agonisant ! Le genre de truc qui ne pardonne pas, hein ? Par le lieutenant Oliveira. Celui-là même qui s'occupe de la fusillade du *Sheraton*.

Nouveau sourire presque gentil du grand diable.

— Logique ? Non ! Simple coïncidence. Patrouille de routine pour un lieutenant de police en service cette nuit-là. Simple patrouille de routine et rencontre de hasard. Remarque, il m'a quand même arrêté, le lieutenant Oliveira. Mais juste pour me demander si je n'avais pas vu passer une limousine Mercedes. Celle de Mattéo ! Un comble, non ?

— Je... écoute... écoutez, *señor* Marlin, je...

— Bref, l'interrompit encore l'Américain à la voix d'outre-tombe. J'ai enfin pu emmener mon « témoin » blessé en lieu sûr, où je l'ai interrogé.

Nouveau temps mort, avant que la voix sinistre n'assène :

— Et il m'a tout dit, Mattéo. Absolument tout. Tout ce que je voulais savoir sur les *narcos*. Leurs noms, ceux de leurs « agents » à Tingo Maria, leurs activités, leurs bénéfices et leurs effectifs approximatifs en matière de protection sur le terrain. Pour un peu, j'aurais aussi bien pu connaître le nombre de leurs liquettes et les marques de leurs eaux de toilette. Parce que Mattéo, il espérait que je le laisse à l'hosto. Il espérait s'en sortir.

Moue navrée de l'Américain.

— Il se trompait. Il était fichu d'avance. Mortellement touché, comme on dit aux infos TV.

Cette fois, l'homme au pistolet à réducteur de son

laissa planer un long silence. Media Negra haletait doucement et sa face bicolore commençait à se friper sous l'effet de la douleur grandissante. Fixant toujours son vis-à-vis de son regard délavé, il secoua la tête pour répéter, lamentable :

— Ils m'auraient buté.

Songeur, l'Américain acquiesça.

— C'est vrai, reconnut-il. C'est vrai.

Puis se redressant de toute sa taille, il pointa le tube du réducteur de son exactement au milieu du front de l'indic et, d'une voix un peu fatiguée, il dit simplement :

— Mon nom est Bolan, *basura*. Mack Bolan.

Puis il enfonça la détente.

Il y eut un « flop », le front bicolore de Media Negra s'ouvrit comme une pastèque et du sang éclaboussa la paillasse et le mur. Pétrifié, l'indic n'avait même pas essayé d'attraper le deuxième Colt sous son oreiller.

— *Buenas noches*, pourri, laissa tomber l'Exécuteur en se fondant à nouveau dans l'ombre.

Recroquevillé dans son coin et réfugié dans son délire, le jeune Pablo n'avait pas eu un frémissement. Lui aussi était en train de mourir. Ça prendrait seulement un peu plus longtemps.

Pour l'Exécuteur, il était temps de quitter Lima.

Juste avant sa visite à l'indic, il avait pris le temps d'appeler Brognola. Pour l'informer de la situation et pour mettre quelques détails au point avec lui. Maintenant, il n'avait plus rien à faire dans la ville.

Cap sur Tingo Maria.

Tingo Maria où il savait à présent qu'un certain Gino Zera s'était ouvert les portes du « club » très privé des *narcos*. Un milieu où il avait jeté les bases d'une structure soutenue, financée et contrôlée par une gigantesque organisation.

L'*Organized Crime.*

Un Gino Zera qu'on disait fou, qui vivait retiré dans son hacienda de la *selva*, que personne n'avait jamais vu en ville. Mais grâce à Mattéo qui savait réellement beaucoup de choses, Bolan avait aussi appris deux noms. Morales et Rocodello. Respectivement, celui du contact de Zera à Tingo Maria et celui du lieutenant de ce même Zera. Son bras droit et son homme à tout faire. Rocodello, un nom qui chantait à l'oreille de l'Exécuteur. Qui chantait comme un requiem. Ou un glas.

Le monde était vraiment tout petit.

L'Exécuteur en savait assez. Son blitz péruvien allait enfin pouvoir commencer.

Un blitz pas tout à fait comme les autres.

Quittant le squatt puant, il traversa un terrain vague encombré de gravats, contourna le dépôt d'ordures à l'abri duquel il avait garé la Land-Rover et s'installa au volant. Mais à l'instant où il mettait le contact, une ombre s'inscrivit soudain dans le cadre de la portière et une voix jaillie de la nuit lança :

— Je vous attendais, *mister* Bolan.

CHAPITRE XIV

— Ne tirez pas.

C'était une voix de femme.

Une voix à la fois douce et ferme, émanant d'une femme qui avait des yeux de chat ou un instinct très aiguisé. Elle avait vu ou « senti » le geste de Mack Bolan. Un geste simple. Pour l'accomplir, il suffisait d'un index et d'une détente de pistolet. Par exemple, un Browning GP 9mm. Une arme dont le réducteur de son avait jailli dans l'angle inférieur du cadre de la portière, dans la micro-seconde située entre l'apparition de l'inconnue et le son de sa voix. Il aurait suffi ensuite d'un rien pour que l'ogive brûlante jaillisse du canon. Mais, informé par l'ordinateur de guerre de son cerveau, l'Exécuteur avait retenu son index in extremis. Les ondes émises par l'intruse n'étaient pas négatives.

— Vous avez de bons réflexes, *mister* Bolan, apprécia l'inconnue. Très bons.

Puis elle disparut du cadre de la glace de portière et il l'entendit contourner la Land par l'arrière, avant de voir la portière opposée s'ouvrir. Dans la lueur des codes, il vit deux jambes habillées de jeans, un bas de T-shirt noir, un cabas en paille également noir accroché à l'épaule. Puis l'inconnue entra entièrement dans son champ de vision, se laissa aller sur le siège avec un léger soupir.

— J'avais peur de vous avoir perdu, avoua-t-elle en faisant enfin face à Bolan.

Incrédule, il vit un casque de cheveux bruns coiffés à la diable, un visage à l'ovale parfait, de grands yeux sombres étrangement lumineux, une bouche gourmande qu'une esquisse de sourire vaguement ironique rendait encore plus attirante.

C'était une femme vraiment très belle, avec un bijou en sautoir. Un petit masque inca.

C'était la femme du *Sheraton* ! Celle que Bolan avait aperçue à la piscine et dont il n'avait jamais pu voir le visage. Mais il y avait autre chose. Quelque chose que Mack Bolan ne pouvait avoir oublié.

La voix.

Une voix au timbre rauque. Comme celui d'une chanteuse de jazz. Une voix qu'il avait déjà entendue et qui était restée gravée dans sa mémoire. Parce qu'elle était belle aussi, cette voix. Terriblement. Un peu sauvage... et très sensuelle. Scrutant le visage lisse de son regard minéral, Bolan semblait chercher un détail. Un signe. Une preuve. Alors, d'un geste à la fois plein de grâce et vaguement empreint de défi, l'inconnue repoussa une partie de ses cheveux en arrière, dévoilant une large ecchymose. Sur sa tempe droite. Puis, toujours avec ce léger sourire au coin des lèvres, elle déclara, naturelle en diable :

— Je suis la dame aux belles fesses.

« La dame aux belles fesses ». D'un coup, la phrase était revenue à la mémoire de Bolan. Une paraphrase. Puisque c'était lui, Mack Bolan, qui l'avait prononcée. Le soir du blitz contre *Loco Rital*.

Hier soir.

La belle inconnue du *Sheraton* et la mystérieuse Jennifer Dobs, n'étaient qu'une seule et même personne.

Ils gardèrent le silence un moment, chacun observant l'autre. Dans les grands yeux sombres à l'éclat si lumineux, il y avait toujours cette lueur de défi contenu. Avec, tout au fond des prunelles, là où se cache l'âme de ceux que la pudeur rend parfois bravaches, quelque chose qui ressemblait à de la peur. Ils restèrent ainsi un long moment, cherchant à comprendre ce qui provoquait chez eux cet étrange sentiment proche de... l'envoûtement.

Enfin, réagissant le premier et semblant s'arracher à un profond dilemme, Mack Bolan finit par poser la question qui lui paraissait essentielle à cet instant :

— Ils sont de quelle couleur?

Elle ne parut pas surprise, mais demanda pourtant :

— Quelle couleur, quoi?

— Vos yeux.

Sans le quitter du regard, elle parut réfléchir un instant, avant de lâcher :

— Vous l'avez tué, n'est-ce pas?

Elle ne pouvait que faire allusion à Media Negra.

— Affirmatif, répondit Bolan.

Toujours sans le quitter des yeux, elle marqua encore un temps, finit par répondre :

— Gris.

Puis après un autre petit silence, elle donna la précision indispensable :

— Gris d'Irlande.

C'était vraiment une couleur rare. Une teinte que Bolan ne voyait évidemment pas bien, mais qu'il imaginait. La couleur d'un ciel de pluie en Irlande.

— Autrefois, mon grand-père disait qu'ils avaient la couleur d'un ciel d'orage, dit la jeune femme. Des orages irlandais, bien sûr. C'est joli, ajouta-t-elle encore. Mais je n'ai jamais vu de ciel d'orage aussi sombre.

— Ça existe sûrement, répondit Bolan. Dans certaines contrées où les extrêmes s'affrontent vraiment.

On était loin du drame du parking, loin de l'épisode *Loco Rital*, loin du blitz pour lequel l'Exécuteur était venu au Pérou. Le temps d'une minute d'éternité, Mack Bolan s'était senti transporté dans un autre monde. Un ailleurs fait d'instants capiteux et de regards nus. De plénitude. De ces moments où l'on croirait presque au bonheur.

Puis les sons de la ville remontèrent à sa conscience, la réalité reprit le dessus et le quotidien avec elle. Il déclara, sincère :

— Félicitations. Cette fois, je n'ai pas éventé votre filoche.

— Je ne vous suivais pas.

— Ah?

— Vous m'auriez repérée. J'ai préféré vous attendre.

Bolan haussa un sourcil.

— Ici?

Elle eut de nouveau ce petit sourire ironique qui lui allait si bien, puis secoua la tête avec cette même grâce qu'elle avait eue plus tôt en écartant ses cheveux.

— Non, bien sûr. Ici aussi, vous m'auriez repérée. J'étais garée plus loin. Avec ceci.

Elle sortit une paire de jumelles de son cabas.

— Je savais que vous viendriez le tuer.

— Pourquoi?

— Il avait une tête de salaud.

Imparable bon sens féminin. Elle sourit encore, secoua la tête, avoua :

— Je plaisante. Quand les hommes de ce *Loco* me sont tombés dessus, j'ai immédiatement compris que Media Negra m'avait trahie. Plus tard, dans la voiture qui m'emmenait, ils me l'ont confirmé. Preuve qu'ils avaient déjà décidé de me supprimer.

Elle parlait sans passion. Comme lisant un compte rendu. Trouvant ce détachement insolite, Bolan questionna :

— Vous achetez un flingue partout où vous allez?

Elle fit non de la tête.

— En général, quand je quitte les States, c'est pour mon plaisir.

— Et cette fois?

— Cette fois, c'est par devoir.

Devant l'expression dubitative de Bolan, elle soupira :

— Je crois que je vous dois quelques explications, n'est-ce pas?

— Affirmatif.

— Et aussi des remerciements.

— Les explications suffiront, éluda Bolan.

— D'accord.

La jeune femme observa un court silence, puis refaisant face au pare-brise :

— Je ne m'appelle pas Jennifer Dobs.

Et devant le mutisme de Bolan, elle déclara :

— Mon nom est Jil Becker. Plus exactement, Jil Becker-Reynolds.

Bolan tiqua. Reynolds. Le nom du reporter disparu au Pérou, au sujet duquel Hal Brognola lui avait demandé de voir sur place ce qu'il pourrait faire. La belle Jil Becker serait-elle... Prudent, Bolan se contenta d'encourager :

— Et alors?

— Alors, enchaîna la jeune femme, je suis un privé.

Bolan eut juste un léger mouvement de sourcils.

— Détective privé?

— Affirmatif, s'amusa-t-elle à l'imiter. A Los Angeles. Mais désormais, ma carte de visite ne comporte plus que le nom de Becker. Reynolds étant celui de mon mari. Un ex-époux qui est en fait l'unique raison de mon séjour au Pérou. Quand tout allait bien entre nous, Franck Reynolds et moi avons fait deux enfants. En une seule fois. Deux adorables petits emmerdeurs de sept ans que j'aime comme personne. Jumeaux. Une fille et un garçon. Alors, je devais venir ici.

Elle le regarda, une lueur de doute au fond des yeux.

— Vous me suivez?

— J'essaye.

En réalité, il la précédait carrément. En bonne détective qui se respecte, Jil Becker-Reynolds était venue au Pérou pour enquêter sur la disparition de son ex-mari, le reporter Franck Reynolds. D'où la notion de « devoir » évoquée plus tôt.

— Je suis sûre qu'il est mort, dit-elle tout à trac. Lui et sa nouvelle petite amie effectuaient un reportage sur un trafic d'enfants. Ils ont dû se faire avoir. Ici, il y a toute une mafia. Puissante et sans scrupules.

Depuis l'épisode *Loco Rital*, elle était bien placée pour le savoir.

— Mais sur ce sujet, reprit la jeune femme, je ne vous apprendrai évidemment rien, *mister* Bolan.

Bien sûr, elle l'avait entendu dire son nom à *Loco Rital*, la veille au soir. Mais ça ne voulait pas dire grand-chose. Il s'étonna :

— Pourquoi dites-vous ça?

Une étincelle, mi-amusée, mi-agacée, traversa les prunelles gris d'Irlande. D'un gracieux mouvement d'épaule, elle éluda la question pour préciser :

— Au début, au *Sheraton*, comme cela se pratique dans ces régions, je cherchais plus ou moins une sorte de mercenaire susceptible de m'aider dans mes recherches. Un aventurier au grand cœur, en quelque sorte, mais que j'aurais évidemment rétribué. D'où mes filatures. Je voulais savoir à qui j'avais affaire.

Souci bien légitime.

— Mais à la suite de l'épisode *Loco Rital*, enchaîna-t-elle, quand j'ai appris qui vous étiez, j'avoue que j'ai eu peur.

— Peur?

— Ne me prenez pas pour une idiote, renvoya-t-elle tranquillement. Vous vous appelez Mack Bolan, vous êtes un vétéran du Vietnam où on vous appelait Sergent Miséricorde. Quand la mafia a massacré votre famille, vous êtes entré en guerre contre elle et depuis, vous ne lui laissez plus un seul jour de répit. Vous avez déjà des dizaines, voire des centaines de cadavres d'*amici* à votre actif et ceux qui survivent encore vous surnomment l'Exécuteur.

Comme essoufflée, elle marqua une pause, ajouta en le défiant de nouveau du regard :

— Ils vous appellent aussi le Grand Fumier.

Une fois encore leurs regards s'observèrent. Longtemps. Quand Bolan rompit le charme, ce fut pour s'enquérir :

— Et vous sauriez tout ça comment?

— De la même façon que tous les flics, que tous les privés et que tous les journalistes américains le savent. Ne soyez pas modeste, Mack Bolan. Vous êtes la dernière légende vivante de l'Amérique embourgeoisée. Et ça, dit-elle imperturbable, c'est le genre de truc qui fait peur.

Légende, elle exagérait. Vivante, ça risquait de ne pas durer. Toujours prudent, il hasarda :

— Et maintenant?

— Quoi, maintenant?

Il haussa les épaules.

— Et maintenant, qu'est-ce qu'on fait?

Elle eut un petit geste des deux mains en avant, ouvrit la portière, sauta à terre et demanda :

— Attendez.

Un instant plus tard, elle revenait, portant un gros sac de voyage qu'elle jeta par-dessus le dossier de son siège. En plein sur les caisses contenant l'arsenal de Bolan. Puis reclaquant la portière, elle se cala contre le dossier pour déclarer sans le moindre doute :

— Maintenant, en route.

Incrédule, Bolan la regardait toujours. Mais cette fois, comme s'il avait affaire à une folle.

— En route? hasarda-t-il.

— Affirmatif.

Toujours aussi incrédule, il demanda :

— En route pour où?

Jil Becker-Reynolds planta son beau regard dans les yeux étonnés de Bolan pour répondre d'un ton d'évidence :

— Pour Tingo Maria, bien sûr!

Bolan n'en revenait pas. Une privée comme celle-là, ça ne s'inventait pas. Sourcils froncés, il lâcha peu amène :

— Vous êtes dingue!

L'observant toujours, elle renvoya :

— Ces *narcos*, cette race pourrie que vous pourchassez sans relâche et sans pitié, il y en a bien quelques exemplaires du côté de Tingo Maria, non?

— Je ne vois pas le rapport.

Têtue, la jeune femme secoua ses mèches brunes.

— Vous allez à Tingo Maria et je vais à Tingo Maria. Alors, autant n'utiliser qu'une voiture.

— Négatif.

Cette fois, leurs regards s'affrontaient. Pourtant, la lueur vaguement ironique était toujours réfugiée au fond des prunelles d'orage quand Jil Becker insista :

— Négatif?

— Négatif.

La jeune femme demeura un instant songeuse, avant d'admettre :

— Evidemment, vous avez le choix.

De plus en plus méfiant, Bolan répéta :

— Le choix?

— Bien sûr, rétorqua Jil Becker sur un ton un peu trop innocent. Le choix entre m'emmener, m'abattre sur place pour m'empêcher de vous suivre ou...

— Ou?

Cette fois, elle lui sourit vraiment. Un franc sourire éclatant de blancheur qui la rendait encore plus belle. Redoutable.

— ... ou me virer de cette Land-Rover et...

Jil Becker souriait toujours lorsqu'elle acheva, plus innocente que jamais :

— ... et risquer de voir les flics d'ici apprendre que l'Exécuteur, en personne, est venu faire son cirque chez eux.

CHAPITRE XV

– Tu crèveras! gronda Zino Ferra. Tu crèveras comme les autres! Comme toutes les autres!

Assis, droit comme un if sur le superbe trône inca qu'il avait fait voler par ses hommes dans un temple récemment exhumé dans la région de Cuzco, l'ex-lieutenant de Michele Greco ressemblait à un épouvantail. Habillée d'une espèce de kimono noir à larges manches, son interminable carcasse aux membres décharnés et blêmes s'était légèrement penchée en avant, dardant devant lui un grand nez de busard et des yeux noirs. Trop brillants et trop proéminents. Pour mieux distinguer sans doute à travers l'épaisse glace du gigantesque vivarium planté au centre de l'immense pièce vide le spectacle qui s'y déroulait. Un spectacle figé qui fascinait son cerveau dérangé.

Une femme était là, presque nue. Seulement vêtue d'une tunique en voile de soie blanche qui, dans la lumière crue de l'unique projecteur vertical, laissait deviner les courbes de son corps, ou ce qui en restait.

Un corps qui avait dû être superbe, mais qui, aujourd'hui, rappelait les images trop fréquentes de famines en Afrique. Celui de Janet Finley.

– Tu entends, Janet? Tu crèveras. Et je serai encore là. A te regarder, à guetter ton dernier souffle. Et je me laverai les mains dans le sang qui te restera.

Chaque nuit, quand le *Territoire* dormait et qu'il se sentait d'humeur, Zino Ferra venait alors assister à cette espèce de grand-messe païenne du supplice de sa prisonnière. Une blonde ! Comme l'autre salope qui...

Ce soir, Zino Ferra sentait l'échéance proche. Tel un vautour affamé, il reniflait la mort prochaine de Janet Finley comme l'approche d'un mirifique banquet. Au début, la jeune reporter s'était rebiffée. Quand elle avait appris l'exécution de son équipier, elle avait même essayé de défoncer la paroi de verre à coups de tête. Mais le verre était blindé. Peu à peu, elle s'était comme résignée à son sort, suppliant seulement qu'on la nourrisse.

Peine perdue. Le supplice avait continué.

Et maintenant, ne sachant plus depuis combien de temps elle n'avait rien avalé, elle se sentait au bout du rouleau. Prise dans un piège dément d'où elle ne sortirait jamais. Alors, parfois, comme cette nuit, elle se contentait de lever sur son geôlier ses grands yeux vides et elle décidait de ne plus abaisser son regard. Jusqu'à ce qu'il s'en aille. Et parfois, cela durait des heures. Mais c'était sa victoire à elle. Car c'était toujours lui qui cédait. Lui qui partait, en hurlant qu'elle allait crever et qu'il se laverait dans son sang.

Mais tout cela n'avait plus d'importance car elle était déjà morte.

— Patron ?

Zino Ferra sursauta. Il n'avait pas entendu la porte s'ouvrir dans son dos. Il ne tourna même pas la tête. Seul, son fidèle Roco avait le droit de venir jusqu'ici. L'inséparable Roco. Le second de toujours.

— Patron, fit encore Roco. Le radiotéléphone.

La colossale silhouette du rouquin avait du mal à s'inscrire en entier dans l'encadrement de la porte.

— Quoi ! grinça Ferra. Qu'est-ce que tu veux, imbécile !

— C'est Don Flavio, patron. Il veut vous parler. Il dit que c'est urgent.

Subitement tiré de sa folie, le Sicilien murmura :

— J'arrive.

S'extirpant de son trône pour gagner la porte, il lança en direction de la forme diaphane du vivarium :

— Je reviens, Janet. Je reviens.

Puis refermant la porte derrière lui, il se retrouva dans la pièce voisine. Sa propre chambre. Meublée comme une cellule de prison ou presque. Un lit en fer, un coin toilette, un énorme radiotéléphone posé sur une console métallique. Depuis son évasion de *Carceri Ucciardone*, il s'était juré de ne plus dormir ailleurs que dans une cellule. Du moins, tant qu'il n'aurait pas déboulonné tous ces cons de *narcos* péruviens du secteur. Y compris cette vieille pourriture d'Abaco.

Un vœu. Une gageure. Il voulait tout. Il voulait bâtir un empire. Le sien.

— *Si*, lâcha-t-il dans le combiné du radiotéléphone.

— Gino, fit alors la voix éternellement essoufflée de Flavio Abaco, Gino, on vient de m'appeler de Lima.

— *Si*, Don Flavio?

— Figure-toi qu'il s'y passe de drôles de choses, à Lima, Gino, reprit le méga-*narco* de Tingo Maria. Vraiment de drôles de choses...

Zino Ferra écouta jusqu'au bout. A mesure que le vieil Abaco parlait, le front de Ferra se plissait. Finalement, il questionna :

— Vous pensez à la DEA, Don Flavio?

Il y eut un silence sur les ondes, puis de nouveau le timbre essoufflé du vieux *narco*.

— C'est à voir, Gino. C'est à voir.

— O.K., Don Flavio, fit respectueusement Ferra. On fera attention.

Ce qui, dans le jargon *narco*, pouvait signifier des tonnes de choses très désagréables.

Zino Ferra coupa rageusement la communication. Il avait horreur qu'on vienne l'arracher à son plaisir pour des conneries. Des DEA, toute l'Amérique Latine en grouillait. Et ça n'avait rien changé. Surtout à Tingo Maria.

Il repassa dans la grande pièce nue, se réinstalla sur son trône inca et, fixant son regard de poisson myope sur la maigre silhouette du vivarium, il grinça dans un petit rire sadique :

— Je suis revenu, Janet. Je suis là.

*
**

— Si j'avais été un homme, je suis sûre que vous m'auriez tuée.

— Affirmatif.

La Land-Rover tanguait si fort qu'on entendait ses ressorts grincer par-dessus le vacarme de la pluie sur la tôle.

— Seulement voilà, ajouta Jil Becker en s'accrochant à son siège. D'une part, je vous ai offert deux mille dollars pour votre aide, d'autre part, je ne suis pas un homme.

Même un aveugle n'aurait pu prétendre le contraire. Malgré le treillis délavé trop grand pour elle, malgré l'absence de tout maquillage sur son visage et de tout parfum, malgré les efforts méritoires qu'elle développait pour s'inventer une apparence asexuée, il émanait une telle féminité de la belle Jil Becker que l'habitacle de la Land en transpirait littéralement.

— Négatif.

Bolan était bien d'accord, Jil Becker ne passerait jamais pour un homme. Plongé dans ses pensées, il venait de négocier un virage serré et la route plongeait à présent dans une pente à trente degrés, au bout de laquelle s'amorçait toute une série de lacets en épingle à cheveux. D'un côté, la jungle, gris-vert et impénétrable, de l'autre, des précipices vertigineux. Des gouffres dont on ne voyait même pas le fond, à cause des épaisses couches de brume qui s'y superposaient. Le tout avec une route qui ressemblait à une piste et que les glissements de terrain avaient ravagée. Les nids-de-poule auraient pu accueillir des hordes d'éléphants et les énormes camions qui la dévalaient à fond la caisse n'arrangcaient rien. Avec ça, les pluies diluviennes n'avaient pas cessé depuis Huanuco et, même en plein jour, on avait l'impression de rouler au fond d'un aquarium mal entretenu. C'était très déprimant et de plus en plus, à mesure qu'ils descendaient le versant est de la cordillère. A cause de cette chaleur détrempée qui montait à présent de l'immense plaine amazonienne. S'ils avaient eu froid ce matin au passage de Cerro de Pasco, ce n'était plus qu'un souvenir. Ici, à moins de 1000 mètres d'altitude, il faisait déjà presque 25 degrés. Et cent pour cent d'humidité. Parfois, à Tingo Maria, c'est-à-dire à peine 300 mètres plus bas, pendant la saison chaude, les températures pouvaient monter beaucoup plus haut et on avait déjà vu la pluie tomber toute une semaine sans s'arrêter.

Un vrai paradis.

— Attention ! s'exclama soudain Jil Becker.

Bolan avait vu les feux arrière du camion juste à temps pour ne pas le percuter. Un gros bahut arrêté en plein milieu du premier lacet, une roue arrière dans le vide. A cet endroit, le parapet sommaire avait été défoncé par un accident ultérieur. Au fond du ravin, on devinait la carcasse éventrée d'un autre camion. D'autres véhicules étaient arrêtés et, sous l'averse, des hommes s'évertuaient en vain à tirer le camion. Il y avait un treuil fixé à l'avant de la Land et Bolan dut les aider à jouer les dépanneurs.

Une heure plus tard, sans autre incident, il y eut encore une série de virages. Heureusement, la pluie avait cessé d'un coup et ils purent rouler plus vite.

— Regardez, lança soudain Jil Becker en désignant au loin tout un pan de colline défriché. On ne doit plus être loin, il y a des cultures.

Bolan esquissa un sourire sans joie.

— Affirmatif. Cultures de coca.

Elle leva sur lui des yeux indécis.

— Vous voulez dire... de la coca pour...

— De la coca pour faire la cocaïne, acquiesça Bolan d'un ton amer. Vous voyez, ils ne se cachent même pas. Tous les flics du pays peuvent voir ça et ça ne change rien.

Comme pour lui donner raison, vingt minutes plus tard, ils longèrent un terrain déboisé où s'élevait un bâtiment au toit de tôles flanqué d'un mirador. La Guardia Civil de Tingo Maria engourdie dans son ennui. La Land parcourut encore deux ou trois miles, puis Bolan lança à son tour :

— Regardez.

Il pointait son doigt vers une trouée en contrebas et la jeune femme dut faire un effort pour deviner ce qu'il cherchait à lui montrer.

Un pont métallique.

Cinquante mètres plus bas, il enjambait un réseau de torrents bouillonnants couleur café au lait. La rivière Huallaga.

— Qu'est-ce que c'est? interrogea Jil Becker.

— Un pont.

Elle haussa les épaules.

— Je le vois bien que c'est un pont.

Il expliqua :

— L'entrée de Tingo Maria. L'entrée d'un domaine très particulier. Vous avez vu la plantation de coca, tout à l'heure? Eh bien, toute la région autour de ce pont en est truffée. Si encore cette saloperie avait l'excuse de nourrir correctement ceux qui la font pousser... Mais seuls quelques barons de la pègre se partagent le pactole et les campesinos continuent à crever de faim.

Il y eut un silence, mais Jil Becker n'avait toujours pas détaché son regard du profil de Bolan. Au bout d'un moment, alors que la pluie se remettait à tomber de plus belle, elle dit :

— Vous les haïssez tellement?

Elle avait surpris la lueur sauvage dans les prunelles glacées de l'Exécuteur et cela lui avait fait un curieux effet. Un ensemble de sentiments étranges. Crainte et fascination mêlées.

— Affirmatif, laissa seulement tomber Bolan.

Ce fut tout. Le pont franchi, Bolan trouva la piste qu'il avait repérée la veille sur la carte du secteur et la Land déboucha soudain dans une large clairière où s'élevait un grand bâtiment en bois monté sur pilotis et entouré d'une galerie couverte. Une plaque rongée indiquait *Hotel Turistas*.

Il était temps. Le jour commençait à décliner, et le ciel bouché n'allait pas arranger les choses. Dans ces régions, le crépuscule était bref. Dans une demi-heure, il ferait nuit.

— Le meilleur des trois ou quatre palaces que compte la ville, assura Bolan en stoppant la Land au pied d'un escalier en bois avachi. Vous pouvez y aller, j'ai réservé de Huanuco.

Il avait téléphoné de la station service-épicerie-buvette-bouge où il s'était arrêté faire le plein et acheter de quoi manger. Juste avant d'appeler aussi l'aéroport de Tingo Maria. Mais, ça, c'était une autre histoire.

— C'est un deux étoiles, ajouta-t-il, rassurant. Une trentaine de chambres avec ce qu'ils appellent le confort. Vous y serez divinement bien.

Un grand jeune homme maigre était apparu sur la galerie, ouvrant un large parapluie blanc. Mais Jil Becker ne le vit pas descendre pour venir à eux. Tournée vers Bolan et sourcils froncés, elle s'étonna :

— Comment ça, moi ? Et vous ?

— Moi, lui sourit Bolan, j'ai à faire ailleurs.

Un éclair traversa les prunelles grises de la jeune femme.

— Mais... qu'est-ce que je vais faire là... toute seule !

— Vous êtes détective et vous cherchez votre mari, non ? Alors, enquêtez.

— Mon ex-mari, rectifia Jil Becker, lèvres pincées. Mais si je vous ai engagé, c'est pour que vous m'aidiez. Pour que...

— Vous ne m'avez pas engagé, coupa tranquillement Bolan. D'ailleurs, personne ne m'engage, jamais. Ni pour deux mille, ni pour deux cent mille dollars. Vous ne m'avez pas engagé, vous m'avez juste fait chanter. Et vous aviez raison : si vous aviez été un homme, je vous aurais probablement tué. Ou, pour le moins, rendu inutilisable pour longtemps. Mais voilà, vous n'êtes pas un homme...

— Pourtant...

— Vos problèmes ne sont pas les miens, l'interrompit Bolan. Vous allez devoir compter sur vous-même pour les résoudre. Tingo Maria ne manque pas de types qui seront ravis de toucher deux mille dollars pour vous aider. Moi, je vous l'ai dit, j'ai autre chose à faire.

— Tuer? Massacrer? Exécuter, selon votre légende?

Une nouvelle fois, elle le défiait de son regard étonnant. Mais tout au fond, il y avait quelque chose qui ressemblait au désespoir. Un regard perdu qui voulait donner le change. Bolan avait horreur de ce qu'il faisait. Mais comment faire autrement? S'afficher en compagnie de Jil Becker risquait de la mettre en danger. Déjà que Tingo Maria n'était pas précisément le Nirvanah...

— C'est dégueulasse, laissa soudain tomber la jeune femme.

— Pas plus que votre petit chantage de l'autre soir à Lima, renvoya Bolan. Un chantage qui pouvait fonctionner là-bas, mais pas ici.

— Que voulez-vous dire?

Bolan lança un regard sur la jungle environnante.

— Si vous m'aviez dénoncé à Lima, j'aurais pu me faire arrêter sur la route, admit-il. C'est pour ça que j'ai cédé. Ici, à Tingo Maria, ce sont les *narcos* qui font la police. La seule loi qui s'y respecte et la seule justice qui s'y pratique sont celles du flingue. Alors, vous pouvez courir chez les flics et leur dire ce que vous savez de moi. Ici, dit-il en désignant le mur opaque de la *selva*, ils ne peuvent rien. Contre personne. Ce bled, c'est la jungle. La plus cruelle. Celle où l'homme est le pire des prédateurs.

Il hocha la tête, ajouta :

— A ce propos, je vous conseille de repartir au plus vite. Votre qualité de privé ne vous protégera guère. Pour Lima, il y a deux vols directs par semaine. Je me suis renseigné. Tâchez de prendre le premier.

Il marqua encore un temps, finit par promettre :

— Si j'entends parler de votre mari, je laisserai un message au *Sheraton*.

Jil Becker le regardait toujours. Elle l'observa longtemps. Profondément. Comme si elle avait cherché la moindre faille dans la façade granitique qu'il lui opposait. Un examen que Bolan soutint et ce fut un véritable affrontement. Un duel muet. Implacable. Sur la tôle du toit de la Land, la pluie frappait de son staccato lancinant et dehors, figé sous son parapluie blanc, le jeune homme efflanqué attendait, résigné. Enfin, comme s'éveillant d'un songe un peu mélancolique, Jil Becker battit deux fois de ses longs cils noirs, puis, détournant subitement son regard trop lucide, elle lâcha dans un souffle :

— *Good luck, mister* Bolan.

Et dans un nuage de pluie, elle sauta à terre.

CHAPITRE XVI

Tingo Maria n'était pas Los Angeles. Construite, comme la plupart des agglomérations gagnées sur la jungle, selon un plan simple de quadrillage à angles droits, elle s'étirait sur moins d'un mile de long, entre les contreforts des collines couvertes de *selva* et la rivière qui formait son autre limite. Des baraques aux murs moisis, quelques bâtiments apparemment moins gangrenés par l'humidité ambiante, dont la plupart étaient des banques. Sans doute les seules au monde, ou presque à ne pas risquer le hold-up. Tout l'argent de la coke locale y transitait peu ou prou et elles étaient plus ou moins la propriété des *narcos*. Trois rues principales sur la longueur et quelques transversales délimitaient la ville et c'était tout. Peu d'asphalte, beaucoup de terre. En l'occurrence, plutôt de la boue. Sous les auvents, des groupes d'*ambulantes* attendant la fin de la pluie voisinaient avec toute une petite foule apparemment résignée. Parmi elle, des faces décharnées et des regards hébétés racontaient l'odyssée de la défonce. Pour les plus pauvres, c'était la *pasta*. Une pâte immonde, à base de feuilles de coca broyées, dont la fumée dévastait tout l'organisme. Au bout, c'était la folie, puis la mort.

Au-dessus de la ville, dans un ciel gorgé d'eau, la nuit progressait très vite. Autour, la jungle. Pour gagner l'aéroport, il fallait traverser le rio Huallaga.

Un aéroport où Bolan avait rendez-vous.

Mais d'abord, il avait affaire en ville. Car si Tingo

Maria n'était qu'un sinistre trou, le fric de la coke y avait tout de même imprimé quelques empreintes. Des 4x4 japonais partout, des boutiques bourrées de matériel Hi-Fi ou d'alcools d'importation. Un garage exposait même toute une brochette de superbes motos et d'accessoires spécifiques. Kawasaki et Honda. L'industrie nippone allait bien.

Pas fou, le garagiste. En brousse, la moto est un excellent moyen de locomotion. A condition de porter un imper et de ne pas être lourdement chargé.

Il y avait même une armurerie. Non loin du poste de la Guardia Civil. Avec tout ce qu'il fallait pour la pêche et la chasse. Mais dans ce domaine, l'Exécuteur était déjà pourvu.

Restait à établir le contact avec Zino Ferra.

Après avoir quitté le *Turistas* et à la suite d'un court crochet pour reprendre la route principale, sa Land avait pénétré la ville par l'Avenida Benavidès, la seule à peu près carrossable, sous le véritable déluge qui depuis des heures s'abattait sur le secteur. Un moment plus tôt, il s'était arrêté pour demander son chemin et la Land cahotait maintenant dans une sente perpendiculaire, en direction de la rivière. Un bourbier bordé de baraques lépreuses où la vie semblait s'être arrêtée. Apercevant pourtant une silhouette recroquevillée sous un auvent, Bolan s'arrêta une deuxième fois.

— Je cherche « La Venta », cria-t-il pour couvrir le bruit de l'averse.

Il dut répéter sa demande pour qu'un pan du poncho qui recouvrait la silhouette s'écarte enfin. Une face grise apparut.

— *Centavos, señor. Centavos!*

Une main décharnée et noire de crasse avait jailli du poncho, tandis que son propriétaire se précipitait vers la Land.

— *Centavos, señor. Por favor! Estoy indispuesto!*[1]

Sa maladie s'appelait *pasta.* Et il était effectivement en train d'en crever. Un gamin qui ne devait pas avoir

1. Je suis malade!

encore vingt ans, mais qui ressemblait déjà à un vieillard. Dans ses yeux noirs bordés de paupières anormalement rougies, brillait un feu dément. Pris de pitié, Bolan laissa tomber quelques « bronzes[1] » dans la paume crasseuse et répéta sa question.

— Là, *señor*, indiqua aussitôt le garçon. A la *esquina*[2].
C'est juste au bord du rio. Vous verrez, c'est marqué.

Il ne semblait même pas sentir les cataractes d'eau qui le trempaient jusqu'aux os. Soudain, confidentiel et s'approchant plus près, il proposa avec des mines de conspirateur :

— Je peux en avoir de la bonne, *señor*. De la vraie blanche. A quatre-vingt-quinze.

Ce chiffre n'était pas le prix, mais le degré de pureté de la coke. A Tingo Maria, on était à la source. Pour survivre, les allumés de la *pasta* étaient obligés de jouer les rabatteurs. Mais bien sûr, pour eux, pas question de « blanche ». Trop chère. Même ici.

Abandonnant le mort en sursis sous la pluie, Bolan reprit son chemin. Il faisait maintenant presque nuit. Au bout de la rue, c'était déjà la jungle. Ou plutôt, une bande de végétation qui bordait le rio Huallaga. Il lança un regard à droite, puis un à gauche et il vit la lumière. Une lampe à réflecteur abritée sous un auvent de fibrociment, qui éclairait un écriteau : *La Venta*.

Il était arrivé.

Laissant la Land fermée à double tour contre une palissade en palmes tressées, Bolan fonça sous l'auvent. Dix mètres à peine. Quand il y arriva, son jean et son blouson léger n'étaient déjà plus que des serpillières. Sous le toit de fibro, quelques tables bancales avaient été dressées. Sans doute en prévision de la prochaine saison sèche. Là aussi, il dut affronter la rengaine de l'*indispuesto* de service. Mais sans doute encore plus malade, celui-ci tendait les deux mains. Des mains aux doigts ornés de deux superbes poings américains en acier. Un

1. Centavos.
2. A l'angle.

malade prudent. L'ignorant totalement, Bolan sauta les deux marches qui menaient à l'entrée de *La Venta*. Il poussa un cadre de porte tendu de trame moustiquaire, foula un plancher raboteux et sale en pénétrant dans une salle qui n'aurait pas déparé le décor d'un saloon de western. Une rangée de tables et de chaises encore peu occupées, un long comptoir en bois flanqué de deux crachoirs, deux lustres de fabrication locale et, détail insolite, un tableau représentant un drakkar viking en pleine tempête. Où allait donc se nicher l'exotisme !

Derrière le comptoir, un gros *chulo*, suiffeux en diable et chauve comme un caillou, se fendit d'un sourire édenté pour accueillir Bolan.

— *Buenas, señor.*

— *Buenas*, répondit Bolan. Donne-moi une *jora.*

Il avait adopté le tutoiement hispanique en usage. Ainsi que la boisson locale. D'ailleurs, sur les étagères du bar, pas la moindre bouteille un peu présentable. Ici, outre le Coca, on ne servait que de la bière locale, les vins d'Ica ou de Tacna ou encore le pisco ou l'aguardiente. Pourtant, près d'un pot en verre contenant de longs *tortillas* offerts à la vente, traînait quand même une bouteille poussiéreuse de Johnnie Walker.

— *Como no, señor,* fit le chauve en lui servant sa bière.

Les quelques consommateurs accoudés au bar s'étaient tus. Rien que des faces de brutes ou d'ivrognes. Parfois les deux réunies sur le même type. Tous observaient Bolan, essayant de l'étiqueter. Tingo Maria n'était guère touristique et à part quelques « routards » impénitents, l'étranger y venait rarement pour le plaisir. Seul, un vieil Indien assis au fond de la salle semblait tout ignorer de ce qui se passait autour de lui. Vêtu d'un poncho brodé, le regard absent, il dodelinait de la tête en scandant à voix basse un chant lent et grave.

— Ta gueule, l'Indien ! lança un balèze aviné, voisin de Bolan.

Mais le vieil Indien semblait à des lieues de là. Perdu dans son rêve ou dans son cauchemar. Son profil ridé au nez étrangement cassé restait levé vers le plafond et, devant lui, la bouteille de pisco était aux trois quarts vide. Conclusion, l'Indien en tenait une sévère.

— Eh! s'exclama le musclé vindicatif en envoyant son mégot vers la table de l'Indien. T'as entendu, vieux con?

— Fous-lui la paix, Ernesto! quémanda le tenancier d'un ton pas très assuré. Il fait pas de mal.

— Toi, ta gueule aussi, renvoya le costaud en lui adressant un regard furibond. Sers à boire et fais pas chier.

A voir les avant-bras du nommé Ernesto, on n'avait guère envie de lui refuser à boire. De véritables jambons, avec d'énormes poings noueux au bout. Le tenancier laissa tomber et des rires excités éclatèrent. Comme par enchantement, l'assistance avait cessé de s'intéresser à Bolan. Au détriment du pauvre Indien. Heureux de retrouver un minimum d'anonymat, l'Exécuteur demanda au tenancier :

— Je cherche un certain Morales.

Oubliant l'Indien, le chauve laissa fuser un petit rire qui découvrit ses dents gâtées.

— Des Morales, *señor*, il y en a sûrement une bonne vingtaine, à Tingo Maria.

— Celui que je cherche, on m'a dit de le demander ici. A *La Venta*.

Le *chulo* lui lança un regard en dessous.

— Qui ça, « on »?

Plantant un regard peu amène dans celui du tenancier, Bolan lâcha de sa voix d'outre-tombe :

— Un « on » de Lima qui n'aime guère qu'on pose des questions.

Pendant ce temps, le gros et ses copains étaient allés s'asseoir en face du vieil Indien. Toujours aussi « absent », ce dernier poursuivait son chant, sans paraître le moins du monde impressionné. Pourtant, le balèze avait allumé un autre cigare et lui soufflait sa fumée en pleine figure.

— Foutez-lui la paix, merde! s'exclama le chauve. Il vous a rien fait, le vieux!

— Alors, le coupa Bolan. Morales, où je le trouve?

L'autre hésitait.

— Faites pas attention, *señor*. Ils le font tout le temps chier, commenta-t-il entre ses dents malsaines. Et le vieux, il revient quand même. Un *loco*.

Décidément, il y avait beaucoup de *locos* dans ce pays. Y compris chez les consommateurs de *La Venta*. Car maintenant le balèze était en train de s'amuser avec l'Indien. Un de ses copains avait écarté les doigts du vieux sur la table et Ernesto s'appliquait à essayer de toucher le bois du bout incandescent de son cigare, juste entre les doigts de l'Indien. Bien sûr, de temps à autre, il manquait son coup et les paris spontanément nés du « jeu » allaient bon train. Etouffant un rire débile, un échalas à la gueule vérolée, qui maintenait par-derrière l'Indien gémissant sur sa chaise, hurla :

— Dix de plus, Ernesto ! Dix... vingt de plus !

Revenant à son problème, Bolan insista :

— Alors, Morales ?

Tiraillé entre Bolan et les beuglements des autres brutes, le chauve semblait perturbé. Visiblement, il avait peur du costaud, mais son sang de métis bouillait à la vue de ce qui se passait. Rien d'autre ne semblait l'intéresser en ce moment. Avec un soupir, Bolan désigna les cigares sur l'étagère du bar, près du Johnnie Walker.

— O.K., dit-il, vends-moi une de ces saloperies.

L'autre le servit distraitement. Bolan alluma son *tortillas*, lâcha un peu de fumée âcre, puis, se dirigeant vers la table de l'Indien, il alla se planter face au nommé Ernesto et, le plus tranquillement du monde, il écrasa son *tortillas* incandescent sur l'énorme pogne de la brute.

— *No, señor!* cria de loin le tenancier. *No!*

D'abord, il sembla que tout s'était figé pour l'éternité, puis, poussant un hurlement à briser les vitres, le colosse se redressa d'une seule détente. Ses petits yeux à la fois incrédules et fous de haine fixés sur Bolan, il avait fait jaillir un énorme cran d'arrêt dans son poing.

— *Señores* ! cria encore le chauve de son comptoir. Il ne faut pas...

Il n'eut pas le temps d'en dire plus. Fulgurante, la jambe de Bolan était partie. Le colosse eut une vague amorce d'esquive, mais le pied de l'Exécuteur était déjà sur lui. Superbe *maé géri*, en pleine face. Cela fit un bruit désagréable, aussitôt suivi d'un craquement lugubre. Le costaud partit en arrière, battit des bras, lâcha son couteau et alla se cogner l'arrière du crâne contre la cloison. Puis, visage ensanglanté, regard révulsé et la bouche éclatée, il glissa le long des planches, avant de se répandre entre les chaises, K.O. bien au-delà du compte.

Saisis, les autres n'avaient pas eu le temps d'esquisser un geste. Sauf celui qui avait tenu l'Indien et dont la main était instinctivement partie sous le pan flottant de sa chemisette.

— Tu ferais une sacrée connerie, prévint l'Exécuteur de sa voix sépulcrale.

Ils s'affrontèrent du regard et l'autre finit par laisser retomber sa main. Bolan n'avait même pas eu besoin d'écarter son blouson. La crosse du gros Ruger 44 passé dans sa ceinture était apparue juste une demi-seconde. Le temps qu'il fallait dans ce type d'endroit pour rendre un imbécile intelligent. Désignant le balèze, il questionna :

— Tu es son pote ?

— *Si*, répondit l'autre, méfiant.

— Alors, conseilla Bolan de la même voix glacée, quand il se réveillera, dis-lui bien de laisser désormais l'Indien tranquille.

— Sinon ? interrogea le vérolé.

— Sinon, je reviens, répondit sobrement Bolan.

Puis se désintéressant du groupe, il se dirigea vers le bar pour lancer au chauve médusé :

— Et Morales ?

L'autre hocha la tête, bégaya :

— *Como no, señor!* Revenez plus tard. Vers... vers 1 heure. Le *señor* Morales sera là.

Puis enchaînant aussitôt à la cantonade, il lança :

— Allez, *caballeros* ! C'est la tournée du patron !

Un fin diplomate.

Pour quitter l'établissement, Bolan devait passer près de la table de l'Indien. Un Indien de nouveau aussi indifférent qu'avant l'incident, mais dont la voix cassée murmura au passage de l'Exécuteur :

— « Le sang du justicier porte le fer, le feu et la mort. »

Etrangement, cela ressemblait à une prière.

— Qu'est-ce que vous lui voulez, au *señor* Zera? *Señor...*?

Bolan venait juste d'arriver. Son contact à l'aéroport de Tingo Maria avait été plus long que prévu, mais plutôt positif. Avec un peu de chance, ce serait un blitz dont on se souviendrait dans le secteur. Plantant un regard faussement innocent dans celui de Morales, l'Exécuteur se présenta :

— Smith. John Smith.

— O.K., renvoya Morales qui semblait avoir autant d'humour qu'un serpent à sonnettes. Allons-y pour Smith.

En matière d'affaires crapuleuses, les « Smith » étaient légion. Un nom passe-partout. Contrairement au nommé Morales qui ne passait pas inaperçu. Un grand type tout sec, portant costume clair, ceinturon à boucle en tête de taureau et santiags en serpent mastic. Un anneau d'or était passé dans le lobe de son oreille droite et ses grandes mains brunes couvertes de poils étaient agitées de frémissements suspects. Drogue ou alcool. C'est pourtant d'un regard acéré d'homme habitué à jauger ses semblables qu'il scrutait Bolan depuis l'arrivée de celui-ci à sa table de *La Venta*.

Une *Venta* où, contrairement à ce qu'avait envisagé Bolan, aucun affreux ne l'attendait en représailles de son intervention, et dont sitôt le seuil franchi par lui, le tenancier avait verrouillé la porte. Maintenant, assis face à face les deux hommes s'observaient. Et Bolan tardait à répondre. Avec un calme affecté, Morales répéta :

— Qu'est-ce que vous lui voulez, au *señor* Zera?

— Parler affaires.

Morales eut un sourire en coin.

— Le *señor* Zera est très occupé, renvoya-t-il, un brin ironique. Il ne discute jamais affaires lui-même les premières fois. Dites-moi de quel *deal* il s'agit et je lui ferai transmettre.

Bolan connaissait la chanson. Avant de basculer en enfer, Mattéo l'avait briefé sur la procédure.

— O.K., admit-il. Faites dire au *señor* Zera qu'il s'agit d'adoptions d'enfants. D'adoptions multiples, précisa-t-il aussitôt avec un regard éloquent de fripouille. Je pense qu'il comprendra.

Se contentant d'un battement de paupières, Morales insista :

— Dans quel sens, ces... adoptions ?

— C'est moi qui achète, précisa encore Bolan. Pour le compte d'une importante filière européenne.

L'homme à l'anneau d'or s'enquit poliment :

— N'y voyez aucun affront, *señor* Smith, mais pourrais-je savoir qui a pu prétendre auprès de vous que nous honorions ce genre de... marché ?

— Une relation professionnelle, éluda Bolan. Un Français, d'origine sicilienne.

— Je vois, fit Morales, apparemment rasséréné.

Puis après un instant de silence, il quitta sa chaise en déclarant :

— Un instant, *señor*. Je dois en référer.

Pendant l'absence de Morales, le tenancier chauve se précipita :

— Il est au radiotéléphone, *señor*, mais il n'en a pas pour longtemps. Il faut que vous quittez la ville ! supplia-t-il en transpirant de trouille.

Bolan s'étonna :

— Le *señor* Morales ne semble pas me vouloir de mal.

— *No, señor, no !* Pas lui. C'est Ernesto ! Il a dit qu'il vous tuera.

— Ah ? fit tranquillement Bolan.

— Il fera tout pour ça, *señor*, insista le tenancier. Il a une réputation à tenir. C'est un homme dangereux ! Il travaille pour le *señor* Abaco.

Bolan avait déjà entendu ce nom dans la bouche de Mattéo. Il questionna pourtant :

— Qui est le *señor* Abaco ?

L'autre roula des yeux craintifs.

— C'est le patron, *señor*, s'exclama-t-il. Le vrai patron de la région !

En termes moins flatteurs, Flavio Abaco était le plus important pourri du secteur. Le méga-*narco*. Le plus ancien aussi. Le créateur du système mafieux local qui, après Medellin et Cali en Colombie, avait fait de Tingo Maria une vraie petite capitale de la coke.

Le pourri en chef du secteur.

Celui que, selon Mattéo, la mafia sicilienne avait décidé de faire supplanter par son poulain Gino Zera, alias Zino Ferra.

— O.K., fit-il à l'adresse du tavernier. Merci du tuyau.

Mais déjà, Morales revenait et le chauve disparut dans son arrière-salle.

— Le *señor* Zera accepte de vous envoyer son fondé de pouvoir. Le *señor* Rocodello.

Rocodello fondé de pouvoir! On aurait tout entendu.

— Je suis pressé, fit observer Bolan.

— Le contact est fixé pour demain soir. A 21 heures, à l'entrée du pont métallique. Le *señor* Rocodello vous y attendra. Un 4x4 Cherokee.

— O.K., fit Bolan en se levant. J'y serai.

— Soyez à l'heure, *señor* Smith, prévint Morales. Le *señor* Rocodello n'attend jamais plus de cinq minutes. Et le *señor* Zera ne reporte jamais un rendez-vous manqué.

— *No problem*, assura Bolan.

Puis il quitta *La Venta*.

Il était temps d'aller dormir. Demain, les choses sérieuses allaient commencer. D'un côté comme de l'autre. Avec la mort au bout.

Restait à savoir pour qui.

CHAPITRE XVII

— *Si,* Don Flavio, répondit Zino Ferra dans le combiné du radiotéléphone. C'est tout. Morales m'a fait une description du type. Genre balèze et baroudeur. Un peu le look militaire.

Puis Ferra expliqua son plan. Un plan bref que le méga-*narco* écouta, avant de garder le silence un moment. Puis, exhalant une sorte de soupir caverneux, il objecta :

— Je t'avais conseillé de ne pas toucher à ce commerce-là, Gino. Les histoires de gosses, ça crée des problèmes.

— Je sais, Don Flavio. Mais...

— Et je maintiens ma position, coupa le vieux *narco*. Tu n'aurais pas dû.

— Ecoutez...

— C'est ton affaire, mon petit Gino. Seulement ton affaire. Fais comme bon te semble. Néanmoins... néanmoins, reprit la voix d'Abaco, si tu as besoin d'aide, tu connais les usages de notre région. Tu peux compter sur nous tous.

— *Muchas gracias*, Don Flavio. Que Dieu vous garde.

— Que Dieu te garde aussi, mon petit Gino.

Encore une fois, Zino Ferra raccrocha avec rage. Il haïssait ce vieux bouc d'Abaco et tous les deux, ils se foutaient éperdument de Dieu!

*
**

La houle se faisait lancinante. Presque écœurante à force de douceur. Bolan avait l'impression d'être en bateau, sur une mer où le bruit des flots aurait été remplacé par des milliers d'autres. Des sons qui n'avaient rien à faire en mer. Comme tous ces craquements, ces frémissements ou encore ces chants d'oiseaux et ces cris perçants qui ressemblaient à des ricanements. Instantanément, il se souvint de tout et il ouvrit les yeux.

Immédiatement tiré de sa sieste.

Acheté à Lima en même temps que le poignard de campeur, la Mag-Lite et quelques autres accessoires, le hamac était grand et confortable. Avec le mince duvet qu'il avait étalé au fond, il avait presque l'impression d'être dans un vrai lit. Hormis l'instabilité inhérente à ce type de couchette qui même en pleine jungle bougeait comme dans la cale d'un bateau. Ecartant la moustiquaire sur laquelle une myriade d'insectes s'étaient accrochés, il prêta l'oreille, essayant de localiser le bruit qui l'avait tiré de sa torpeur. Un bruit étranger à ceux des oiseaux, des singes et autres habitants de la jungle. A la montre de Bolan, il était presque 15 heures. Il ne pleuvait plus, et dans le jour brumeux et glauque de la forêt, il lui semblait être épié par des dizaines de regards. Ce qui était le cas.

Il s'en rendit compte en apercevant la compagnie de petits singes stationnés dans les branches, juste au-dessus de lui. Une douzaine de minuscules capucins *saïmiri sciureus*. Race très agile et très vive qui n'hésite pas à vivre tout près des hommes. Le plus souvent dans le but de chaparder de quoi manger. Mais bizarrement, Bolan en était certain, ce n'étaient pas les singes qui avaient alerté son subconscient. C'était autre chose. Quelque chose dont il ne savait pas encore très bien s'il s'agissait d'un danger ou non. Tous les sens à présent mobilisés et délaissant le Ruger 44 glissé dans sa ceinture, il attrapa le petit Ingram M.10 à réducteur de son qu'il avait posé près de lui, sur le toit de la Land, à portée de main. Puis s'emparant également des jumelles de jour, il sauta souplement du hamac, s'accroupit au sol, scrutant la lumière glauque d'aquarium de la *selva*. Volontairement, à son arrivée durant la nuit, il avait établi son bivouac à proximité de la route. Une route aux trois quarts défoncée qui, à quarante mètres de là et suivant le lit accidenté de la Monzon, grimpait vers la ville du même nom, où elle s'achevait en cul-de-sac. A environ cinquante miles. Ainsi, tout en restant parfaitement invisible dans l'enchevêtrement végétal, il pouvait facilement surveiller le trafic. Une circulation nulle durant la nuit et, seuls, deux camions et un 4x4 étaient passés ce matin.

Passés !

C'était ça. Chaque fois, Bolan avait entendu le bruit de leurs moteurs croître et décroître. Or, il s'en souvenait très bien, dans la torpeur de son début de réveil, il lui avait semblé percevoir un autre son de moteur. Très doux. Presque inaudible. A travers la toile sonore de la jungle, il l'avait entendu croître lentement... mais pas décroître ensuite.

Conclusion, le véhicule en question était arrêté.

Et maintenant, ses sens hyper-aiguisés de guerrier sentaient une « présence ». Pas très loin.

Evidemment, n'importe qui avait le droit de s'arrêter en pleine jungle, mais cette coïncidence troublait Bolan. Alors, silencieux comme un fauve, il se mit à progresser en direction de la route. A l'instinct. Un exercice qu'il avait exécuté des milliers de fois au Vietnam, rivalisant d'adresse avec les meilleurs pisteurs du cru. Ecartant doucement lianes et fougères géantes, il couvrit ainsi une trentaine de mètres, avant d'apercevoir enfin la zone plus claire de la lisière de la route. Là, il attendit encore, écoutant les bruits de la forêt, cherchant à deviner de quel côté il lui fallait porter ses investigations. Toujours d'instinct, il avait situé la « présence » sur sa droite. C'est-à-dire en aval de la route encore invisible. Reprenant sa progression, il bifurqua légèrement, contourna un entrelacs de lianes et, d'un coup, le mur végétal s'ouvrit devant lui, à moins de cinq mètres. Accroupi, il avança encore, profitant des fougères pour risquer un œil.

La route était là, à cinq ou six mètres en contrebas.

D'abord, Bolan ne vit rien d'autre qu'une indigestion végétale, puis comme un objectif subitement mis au point et malgré les écharpes de brume, son regard les découvrit.

La moto et son pilote.

Une superbe Kawa TT vert et noir, arrêtée sur le talus,

montée sur sa béquille. A environ deux cents mètres plus bas. Un engin haut sur pattes, aux pneus sculptés pour le tout-terrain. Une belle mécanique, dont le pot d'échappement surdimensionné expliquait la douceur du bruit perçu plus tôt. Quant au pilote, vêtu d'une combinaison également verte, équipé d'un sac à dos et casqué de la même couleur, il était assis sur un tronc abattu et consultait une carte étalée sur ses genoux. Jumelles aux yeux, Bolan se mit à l'observer. De faible corpulence, il ne semblait guère redoutable. En revanche, l'étui de cuir à rabat fixé près du réservoir de la Kawa l'était beaucoup plus. Surtout quand on voyait la crosse qui en dépassait.

La crosse sciée d'un fusil. Bolan fronça les sourcils. Il ignorait si, dans le secteur, la chasse se pratiquait à moto, mais il savait une chose, un fusil à crosse sciée n'était pas l'arme d'un chasseur. Quelque chose n'allait pas. Il y avait comme un décalage entre l'image perçue et l'impression qui s'en dégageait. Un apparent chasseur avec une arme de tueur. Un décalage aussi entre l'arme, objet brutal, symbole de violence, et son possesseur, trop gracile, aux attitudes trop fluides. Mais le motard repliait déjà sa carte et se redressait. Il parut hésiter, lança vers le ruban de ciel découpé par la route un long regard panoramique et, se faisant, se trouva bientôt quasiment face à Bolan. Prunelles rivées aux puissantes jumelles, celui-ci esquissa alors un froncement de sourcils. Laissant retomber les jumelles sur sa poitrine, mais les yeux toujours fixés sur la silhouette en combinaison verte, il demeura un court instant songeur. Puis exhalant un bref soupir, il se mit à descendre en direction de la route.

Il était à mi-pente et toujours invisible à cause de la végétation, quand le ronronnement de la Kawa s'éleva dans l'air détrempé. Du coin de l'œil, il vit que le pilote avait enfourché l'engin et qu'il s'apprêtait à partir. Cette fois, il sauta plusieurs mètres d'un coup, se retrouva enfin au niveau de la route, enfoui dans une véritable forêt de fougères géantes. Quand il jaillit sur le bitume défoncé, la moto arrivait pleins gaz. A vingt mètres de lui.

Tout se passa alors très vite. Il vit le pilote s'arc-bouter aux commandes, lâcher son guidon d'une main et porter celle-ci à la rencontre de l'étui en cuir. Vers la fameuse crosse sciée. Mais, déjà, l'Exécuteur avait levé le réducteur de son de l'Ingram. Instantanément, la main du pilote de la Kawa remonta vers le guidon et l'engin freina en dérapant légèrement.

— Ne tirez pas! cria une voix derrière la visière du casque. Ne tirez pas!

Recommandation inutile. L'Exécuteur avait déjà rabaissé le canon de l'Ingram. Dans le même temps, et tandis que la Kawa s'arrêtait à cinq mètres à peine, le pilote avait relevé le heaume de plexi fumé couvrant son visage.

— Ne tirez pas, répéta la même voix.

Une voix un peu rauque. Une voix que Bolan n'avait pas oubliée. Pas plus qu'il n'avait oublié le regard inscrit dans l'ouverture du casque. Un regard trop beau. Très émouvant aussi.

Un regard de ciel d'Irlande.

En proie à des pensées contradictoires, l'Exécuteur lança sèchement:

— Qu'est-ce que vous fichez avec ça?

Ça, c'était la belle Kawa verte.

— Ça, répondit Jil Becker, c'est une moto. Une moto que j'ai achetée à Tingo Maria. Comme ce fusil et les cartouches qui vont avec.

Ce disant, elle tira l'arme de son étui, mettant à jour un superbe Mossberg 500. Une redoutable arme à pompe et au canon lisse de calibre 12, dont la crosse adroitement retaillée ne conservait que sa partie « poing » immédiatement située derrière le pontet. Quant au canon, il avait carrément été scié juste à la verticale du magasin tubulaire et de son garde-main. Du beau travail.

— Ces transformations n'ont pas fait tiquer l'armurier? questionna Bolan.

La jeune femme secoua la tête.

— Ces transformations, c'est moi qui les ai faites. Il m'a suffi d'une scie à métaux et de quelques outils à bois.

Considérant une dernière fois l'arme avec une fierté affectée, elle finit par la remettre dans son étui en interrogeant :

— Pas mal, non?

Puis indiquant le sac à dos accroché à ses épaules, elle ajouta :

— Là-dedans, il y a aussi le 32 Smith & Wesson à six coups que j'avais à Lima quand *Loco* m'a enlevée. Quand vous m'avez délivrée, je l'ai récupéré juste avant de disparaître.

Bolan eut une moue de dérision :

— Vous mériteriez que je truffe ce bel engin de plomb et que je vous laisse ici.

— Vous mériteriez que je vous oblige à le faire, rétorqua Jil Becker de son timbre de chanteuse de jazz.

Bolan lui jeta un regard intrigué.

— Pourquoi dites-vous ça?

— Parce que je sais qu'aussitôt après l'avoir fait, vous ne pourriez éprouver que deux sentiments. Des sentiments très encombrants, pour un type comme vous.

Elle le fixait toujours de ses étonnantes prunelles grises. Pleine de défi.

Bolan se méfiait des reparties de Jil Becker. Elle avait le don de mettre en porte à faux et de dénuder l'âme. Il demanda pourtant :

— Quels sentiments?

Un très léger sourire étira la commissure droite de la détective. Un sourire ironique. Lui aussi en décalage avec la situation.

— Les remords ou les regrets, répondit-elle.

Il tiqua.

— Je n'éprouve jamais ni remords, ni regrets.

Dialogue parfaitement surréaliste au milieu de cette route et en pleine jungle. Si un véhicule surgissait, ils auraient l'air fin. Bolan avait envie de couper court. De renvoyer la jeune femme dans ses foyers, mais Jil Becker enchaînait :

— J'en suis convaincue. Pourtant, en faisant ce que vous avez dit, vous éprouveriez forcément un de ces deux sentiments. Les remords si vous m'abandonniez et les regrets si vous finissiez par m'emmener avec vous.

Elle marqua un temps bref, ajouta tranquillement :

— A moins que je ne vous tue.

En principe, cette dernière remarque aurait dû être comique, mais l'étrange lueur qui passa à cet instant dans les prunelles de la jeune Américaine n'avait rien de drôle. Pour la première fois depuis qu'il avait croisé sa route, Mack Bolan sentit ses sentiments changer à son égard.

Cette femme n'était pas ordinaire.

Et elle semblait avoir des nerfs d'acier. Le fixant toujours de son étonnant regard, elle avait l'air d'attendre quelque chose. Bolan fit observer :

— Vous n'avez pas répondu à ma question.

— A propos de ce que je faisais avec cette moto?

— Affirmatif.

— Vous l'avez dit, je suis détective. Alors, j'enquête.

— Toujours sur la disparition de votre mari?

— De mon ex-mari. Affirmatif. J'ai déjà interrogé le garagiste et l'armurier, plus quelques autres habitants de Tingo Maria. Résultat nul. Alors, j'ai décidé d'aller questionner vos amis les *narcos*. Peut-être qu'ils en sauront plus long.

Bolan jeta un regard vers le mur opaque de la forêt.

— Vous aimez les orchidées?

Décontenancée, Jil Becker tiqua :

— Je... qu'est-ce que les orchidées viennent faire dans...

— Si j'en trouve, coupa l'Exécuteur, j'irai en déposer sur votre tombe.

Il ajouta, cynique:

— Si je la trouve, votre tombe. Parce que mes « amis » les *narcos*, en général, ils ne laissent pas de traces. Ils sont déjà au courant de votre enquête à Tingo Maria et ils vous attendent de pied ferme.

La jeune femme haussa les épaules.

— Je ne choisis pas. Je « dois » savoir.

Elle avait appuyé sur le « dois », insistant de nouveau sur la notion de devoir qu'impliquait sa démarche. Bolan comprit qu'elle faisait allusion aux deux « petits emmerdeurs » évoqués au cours de leur première rencontre. Les jumeaux. Sans l'avoir vraiment voulu, il s'entendit questionner :

— C'est comment, leurs noms?

Jil Becker ne demanda pas de qui il parlait. Elle savait. Ses grands yeux d'orage irlandais se troublèrent et elle souffla :

— Aigrette Bavarde et Iguane Solitaire.

Et comme Bolan semblait incrédule, elle ajouta dans un sourire très doux :

— Des noms à eux.

Toujours avec ce même sourire qui semblait venir de très loin, elle expliqua :

— Depuis tout petits, ils rêvent des Galapagos. Avec tous ces animaux en liberté... Alors, quand je rentrerai, nous irons tous les trois là-bas. Je leur ai promis.

Mack Bolan demeura songeur un instant, puis, hochant la tête, il déclara :

— Je comprends.

Et comme si cela coulait de source, il confia :

— Le mien s'appelle Cheng. Et il ne dit jamais rien.

Il ne saurait jamais pourquoi il s'était confié ainsi. Mais Dieu... comme le sourire que Jil lui offrit en récompense était beau!

CHAPITRE XVIII

— Merde ! Qu'est-ce qu'il fout, ce pédé !

Roco « Colin Maillard » n'avait jamais eu de patience Sauf pour un petit jeu de son invention qu'il avait souvent pratiqué au Vietnam. Mais c'était autrefois. Maintenant, il n'avait plus aussi souvent le loisir d'y jouer. Seulement quand on prenait un campesino avec de la pasta volée. Alors là, Roco « Colin Maillard » s'en donnait à cœur joie. Hélas, même le vol de pasta était de plus en plus rare. Parmi les campesinos, des témoins avaient parlé et les autres crevaient de trouille.

— Merde et merde ! éructa encore le géant rouquin à bord du Cherokee.

Près de lui et derrière, son chauffeur et ses deux pistoleros personnels demeuraient d'un mutisme prudent. Dans ses moments de rogne, Roco était capable de flinguer n'importe qui. Empoignant le talkie-walkie suspendu sous le tableau de bord, il lança à la cantonade :

— Vous voyez quelque chose, bande de feignasses ?

— Non, patron, répondirent en chœur deux voix.

Les chefs d'équipe des deux 4x4 Toyota planqués dans la nature, à quelques dizaines de mètres seulement du pont métallique. Deux véhicules bourrés de *soldati*. De vrais Siciliens. Pas de ces minables *chulos* qui se jetaient à terre au moindre coup de flingue. De vrais durs à cuire. Formés par Roco et armés jusqu'aux dents. Les deux 4x4 totalisaient un véritable arsenal. Rien que du beau matériel. Sur chacun d'eux, plusieurs PM micro-Uzi 9mm, deux ou trois Skorpion tchèques de calibre 7, 65, deux M.16, dont un équipé de son lance-grenades de 40mm, une mitrailleuse M.60 de 7, 62mm. Pour ce qui concernait le Cherokee de Roco, son plateau avait été doté du nec plus ultra. La seule Ultimax 100 Mark 3 qui existait sans doute au Pérou. Même les gros bras de Medellin et de Cali en Colombie ne devaient pas avoir de pareils outils. Un bijou fabriqué au bout du monde. A Singapour. Petite et légère, cette merveille avait la particularité appréciable de lâcher les 100 pruneaux de 5, 56mm de son chargeur circulaire en 11, 5 secondes très précisément. De quoi rayer des listes tout un bataillon de la Guardia Civil, au cas où ces cons-là se mettraient à vouloir les emmerder. Et à l'arrière du Cherokee, Andréa, le servant de l'Ultimax, était un vrai spécialiste. Pas de nerfs et une précision diabolique.

Quant à Roco lui-même, il se contentait de trois petites gâteries bien innocentes. Un Ingram M.10, accroché autour du cou, avec deux chargeurs de 30 cartouches de 45 ACP scotchés tête-bêche, un magnifique PA Beretta 93 R, en holster d'épaule, avec ses chargeurs de 20 cartouches imbriquées de 9mm Para, sa poignée escamotable, son cache-flamme et son frein de bouche et surtout, son sélecteur de rafale contrôlée de trois coups. Un trésor qui sentait bon le pays.

Et puis, il y avait le caprice de Roco.

Une arme toute récente, de fabrication suisse. Le fusil d'assaut SG 551 de SIG, version courte du 550, en dotation dans l'armée helvétique. Une arme de calibre 5, 56mm, équipée d'une nouveauté qui valait son pesant de cadavres : un module de trois chargeurs alignés. 90 cartouches à servir à la file. De quoi hacher sur place tout un commando de la DEA. Surtout quand le SIG était doté de sa lunette de visée à infrarouge.

Comme ce soir.

Avec ça, Roco pouvait jouer à colin-maillard. Restait à trouver le gibier. De plus en plus dificile. Bientôt, il serait obligé de prendre n'importe qui. Sans raison particulière. Heureusement, il y avait ce Smith pas très catholique. Zino avait ordonné qu'on l'embarque et qu'on l'interroge. Il voulait savoir comment ce type avait eu ses sources, à propos du trafic de gosses. Une histoire pas nette qu'il fallait tirer au clair. Si par hasard ce Smith était *clean*, Zino ferait des excuses et traiterait peut-être avec lui. Si c'était un flic ou un fouille-merde de journaliste, c'était simple.

Rideau.

D'où l'utilité de colin-maillard. Un mode d'interrogatoire qui ne ratait jamais. Et dans ce domaine, Roco avait une très longue expérience.

Et si, cas extrême, tout ça cachait une provoc de la DEA, Roco et ses hommes arrosaient dans le tas. Pas de survivants, pas de témoins. Chez les *narcos*, qu'ils soient colombiens ou péruviens, on faisait toujours le ménage par le vide. La meilleure méthode.

— Putain! lâcha-t-il, de plus en plus mauvais. Je sentais que c'était une merde, ce mec!

Consultant la montre de bord, il décréta :

— Encore deux minutes.

En fait, les cinq minutes de délai maximum annoncées étaient dépassées depuis déjà au moins trois minutes. Dix minutes au total, c'était tout ce qu'il pourrait supporter. Malgré les ordres de Zino qui lui avait enjoint de faire une entorse aux usages et de patienter le plus longtemps possible. Il voulait savoir qui était ce John Smith.

Mais à 21 h 20, n'y tenant plus, Roco décrocha le radiotéléphone du Cherokee.

— Patron, lança-t-il dès qu'il eut Zino Ferra en ligne, notre client a fait faux bond. Qu'est-ce que je fais?

Un assez long silence peuplé de parasites ponctua sa question, avant que le timbre grinçant du Sicilien ne réponde sans enthousiasme :

— O.K. Rentre à la maison. On attendra qu'il nous recontacte.

Tout ça en clair. Zino Ferra se fichait d'être écouté ou non par la Guardia Civil de Tingo Maria. Ceux-là, Don Flavio Abaco les avait en main.

— Compris, patron, laissa tomber Roco avant de couper le contact.

Il bouillait littéralement de rage. Si cet enfoiré de John Smith quelque-chose venait se foutre dans ses pattes, il le regretterait amèrement. Avec lui, il jouerait longtemps, très longtemps à colin-maillard.

Comme autrefois, là-bas, chez ces empaffés de *gooks*.

Dans les puissantes jumelles à système I.L., l'Exécuteur avait parfaitement suivi toute l'opération planque de Rocodello. Finalement, la Kawasaki de Jil était un engin très utile. Surtout pour pousser les reconnaisances dans les endroits difficiles d'accès. Ainsi, bien avant l'heure du rendez-vous, il avait pu s'approcher de Tingo Maria et installer un super poste d'observation. A moins de deux miles du pont métallique. Au sein de la végétation folle des collines avoisinantes, on aurait pu établir des dizaines de « vigies » comme la sienne, sans que les hommes de Ferra ne puissent déceler leur présence. Pour qui savait s'en servir, la jungle était le meilleur des outils de guerre.

Et l'Exécuteur savait.

— Mack. Ils repartent.

Le problème, avec Jil Becker, c'est qu'elle ne lâchait plus Bolan. Sans doute craignait-elle qu'il la largue en pleine *selva*, comme il l'avait fait la veille au *Turistas*. Résultat, elle ne l'avait pas quitté d'une semelle depuis leur rencontre de l'après-midi et, ce soir, elle avait sauté sur la moto quasiment avant lui. Tout juste si elle avait fini par accepter qu'il pilote lui-même. Mais contrairement à ce qu'il avait redouté, la jeune femme avait planqué avec lui sans le moindre signe de fébrilité. Comme s'il s'était agi d'une vulgaire enquête d'adultère.

Finalement, Jil Becker était peut-être un bon privé.

— Le premier véhicule vient de tourner sur la route, souffla encore la jeune femme.

Bolan l'avait équipée du casque I.L. et elle prouvait qu'elle en avait très vite compris le fonctionnement.

— J'ai vu, répondit l'Exécuteur. Ils seront ici dans un petit quart d'heure.

Laissant retomber les jumelles sur sa poitrine, il reprit le casque I.L. à la jeune femme, s'en recoiffa et, y voyant de nouveau presque comme en plein jour, il empoigna le bras de Jil Becker pour l'entraîner à sa suite.

— Venez, dit-il en guidant la privée jusqu'à la Kawa. On remonte là-haut.

Là-haut, c'était son bivouac. Un endroit qu'il n'avait pas choisi par hasard et qu'il jugeait idéal pour la suite des opérations.

Dix minutes plus tard, sans allumer les feux de la Kawa et presque en silence, grâce à son pot spécial, ils avaient regagné la Land. Bolan ouvrit l'arrière, jeta le sac en toile qu'il avait préparé à l'avance sur son épaule, puis, empoignant un autre sac, il referma le véhicule. D'un bref coup de Mag-Lite, il désigna le 4x4, sous lequel ils avaient creusé une assez profonde tranchée dans l'après-midi.

— Mettez-vous à l'abri, ordonna-t-il. Dans un moment, ça risque de gicler dans tous les sens.

Même de loin, on ne savait jamais.

— Mais avant, recommanda-t-il, servez-vous de votre lampe. Vérifiez que vous serez seule dans la tranchée.

La mygale creusait en effet son nid dans la terre et nombre de serpents chassaient la nuit.

— Mack?

— Quoi encore?

La jeune femme hésita deux à trois secondes, finit par poser la question qui lui avait brûlé les lèvres toute la soirée :

— Mack... qu'est-ce que vous allez faire?

Lui aussi marqua un temps. Dans la nuit opaque peuplée de bruits inquiétants, un début de sourire sans joie avait étiré ses lèvres. Un sourire que Jil Becker ne pouvait évidemment voir. L'instant d'après, elle entendit la voix profonde qui lui faisait un si étrange effet répondre :

— Je vais jouer.

— Jouer ? s'étonna la détective. Jouer à quoi ?

— A colin-maillard.

Puis il se fondit dans la nuit.

— Putain de putain !

La rage de Roco ne s'était toujours pas éteinte. Pour ça, il aurait fallu lui confier un ou deux gibiers. Mais évidemment, c'était impossible en la circonstance. Un 4x4 devant et un autre derrière, le Cherokee grimpait la route en faisant de véritables bonds dans les énormes nids-de-poule. A fond la caisse. Dans moins d'une heure, ils seraient au *Territoire* et il pourrait aller passer ses nerfs dans le lit d'une de ces salopes de domestiques *quechuas*[1].

Au moins, il n'aurait pas tout perdu. Cette idée le rassérénant un peu, il attrapa le talkie-walkie pour hurler dedans, à l'adresse du Toyota situé devant lui :

— Activez, devant ! On va pas y passer la nuit !

Il vit le Toyota accélérer d'un coup, puis faire une embardée qui le déporta complètement sur la gauche. Sans doute pour éviter un de ces satanés nids-de-poule. S'attendant à la même manœuvre de la part de son chauffeur, il s'accrocha à son siège.

Mais il s'agissait d'autre chose.

— Eh ! cria son chauffeur. Qu'est-ce que...

Il n'eut pas le temps d'en dire plus. Comme dans un film d'horreur, Roco vit tout en même temps. Le Toyota qui percutait le mur de la forêt et les éclaboussures sombres qui constellaient soudain leur pare-brise qui s'étoilait aussitôt.

— *Attenzione* ! cria-t-il.

Dans le même temps, les formidables réflexes qu'il

1. Indiennes.

avait acquis autrefois au Vietnam avaient joué. D'un coup d'épaule, il avait littéralement arraché sa portière de ses gonds et il avait sauté dans le vide.

Sans oublier le SIG.

Il roula dans la végétation du talus, se plaquant ensuite au sol spongieux pour attendre la suite. Une suite qui crépitait de partout. Des détonations sèches, si rapprochées qu'elles donnaient l'impression de ne faire qu'une espèce de ligne sonore qui vrillait les tympans. Au-dessus de Roco, la grêle mortelle cisaillait l'air humide et chaud et des lambeaux de végétaux tombaient tout autour de lui. Des cris jaillissaient des trois véhicules maintenant stoppés et des rafales partaient dans tous les sens. A l'aveuglette. Fou de rage et les premières secondes de saisissement passées, Roco « Colin Maillard » faisait déjà le point.

Une embuscade!

Il était tombé dans une sacrée bon Dieu d'embuscade de merde! Comme cela lui était arrivé au Vietnam. A croire qu'un mauvais sort venait de le renvoyer là-bas à travers l'espace et le temps. Un instant déstabilisé, il faillit se redresser pour défendre chèrement sa peau, puis, la raison lui revenant, il demeura plaqué au sol. Silencieux comme la mort. Tandis que la fusillade se poursuivait et que les M.60 des plateaux des Toyota envoyaient dans la foulée leurs *staccati* sinistres dans la nuit, il épaula le SIG. Mais au lieu de tirer lui aussi, il se contenta de porter la lunette de visée à son œil.

La lunette à infrarouges.

Il le regretta presque aussitôt, car le spectacle qu'il y voyait n'avait rien de réjouissant. Tels des pantins aveugles, ses hommes tombaient comme des mouches. Dans la scintillance nacrée du réticule, il avait vu deux de ses *soldati* se redresser en même temps pour lâcher la totalité de leurs chargeurs de micro-Uzi. Exactement dans la direction qu'il avait lui-même déjà établie comme étant celle où se trouvait l'agresseur.

L'agresseur.

Car il n'y en avait qu'un. Super armé, mais seul. Un seul type qui faisait des ravages. Car les deux tireurs de

Roco furent aussitôt hachés sur place, tandis qu'Andréa, le servant de l'Ultimax, envoyait ses premiers grêlons de 5, 56. Malheureusement, pas plus que les servants des M.60, Andréa n'était équipé d'appareils de vision nocturne. Contrairement à lui, contrairement sûrement aussi à l'ennemi. Résultat, il se fit littéralement décapiter par une courte rafale venue du fond de la nuit. Trois pistoleros qui arrosaient eux aussi dans la bonne direction furent instantanément transformés en fontaines de sang et deux autres qui s'étaient couchés trop tard sur le plancher du Toyota de l'arrière tressautèrent sous les terribles impacts, avant de lâcher leurs armes et de s'écrouler. Dans la foulée, un des gardes du corps de Roco écopa d'une demi-douzaine de frelons mortels et sa cage thoracique se mit à pisser rouge. Si ça continuait, dans dix secondes, tous ses *soldati* seraient massacrés. Frémissant de rage, Roco hurla.

— A couvert, bordel ! Tous à couvert !

Mais pour la plupart, il était trop tard. Sur douze hommes, seuls le deuxième gorille de Roco et trois types du deuxième Toyota étaient parvenus à échapper aux rafales dévastatrices. Leurs armes à la main, tous quatre sautèrent des 4x4 juste à temps et se fondirent dans la nuit. La lunette de visée toujours vissée à l'œil, Roco les vit partir dans deux directions opposées. Deux des pistoleros dévalèrent dans le ravin situé derrière lui, tandis que plus pugnace, son garde du corps rescapé disparaissait dans les fougères du versant montant de la forêt en entraînant le dernier pistolero du côté où se trouvait le tireur. Mais à cet instant, alors que les tirs ennemis avaient soudain cessé, il y eut plusieurs bruits suspects dans le ravin et, presque aussitôt, une succession de déflagrations. Violentes et sèches. Lugubres.

Des grenades !

Des cris s'élevèrent du ravin, suivis de gémissements de plus en plus faibles. Puis il y eut deux autres explosions et ce fut le silence.

Un silence de mort. Même les bruissements de la

selva s'étaient tus. D'un coup, il semblait que la jungle s'était transformée en un immense tombeau.

Jusqu'à ce que la voix s'élève.

— Salut, Roco.

Une voix grave. Terriblement calme.

Une voix que Roco n'avait jamais pu oublier.

Glacée d'angoisse, Jil Becker avait tout entendu. Bien qu'apparemment éloigné, le théâtre des opérations semblait vivre un cataclysme. Réfugiée dans sa tranchée, la jeune femme écoutait maintenant le silence. Lourd et oppressant comme celui d'une crypte. Le cœur au bord des lèvres, elle attendait le signe qui la rassurerait, mais depuis les explosions finales, elle ne faisait qu'attendre la voix.

Celle de ce Bolan.

Une voix qui lui dirait qu'elle n'avait plus rien à craindre. Que tout allait bien. Au lieu de cela, c'était toujours le même silence et elle avait envie de crier. Rien que pour se rassurer. Un instant, elle fut tentée de se dire qu'elle avait eu tort, qu'elle n'aurait jamais dû venir dans ce pays de sauvages et rester avec ses deux petits emmerdeurs. Mais on ne se refait pas et il avait fallu qu'elle vienne. Pour savoir. Pour que ses enfants sachent aussi.

Résultat, ce Bolan de malheur était sûrement mort et elle était là, comme une imbécile, attendant qu'on vienne l'abattre dans son trou.

— Roco?

Jil Becker avait sursauté. La voix! La voix grave et calme de Mack Bolan. Il n'était pas mort!

Mais à l'instant où sa poitrine allait exhaler le soupir libérateur, un bip-bip aigu cisailla la nuit mouillée. Jil Becker retint un sursaut, comprit immédiatement ce dont il s'agissait.

Le radiotéléphone.

Dans l'après-midi, Bolan l'avait avertie qu'on allait chercher à le joindre par ce moyen et il lui en avait indiqué le fonctionnement. Pour le cas précisément où on appellerait pendant son absence. Et voilà que cette satanée radio couinait au plus mauvais moment.

— *Shit*! souffla Jil Becker.

Elle venait de se cogner la tête contre la tôle de la Land en voulant s'extraire de la tranchée. Rageant contre elle-même, elle y parvint néanmoins et elle s'engouffra dans le 4x4 pour établir le contact.

— Dakota écoute, lança-t-elle aussitôt. Dakota écoute. A vous.

Il y eut un long silence coupé de parasites, avant qu'une voix d'homme ne se décide enfin à demander en hésitant :

— Vous êtes... Dakota?

— Affirmatif, répondit Jil Becker qui trouvait finalement ce terme très pratique d'emploi.

Puis appliquant les consignes de Bolan à la lettre, elle ajouta :

— Dakota 1 est à la chasse. Je suis Dakota 2 et je dois prendre un certain message.

— De qui, le message?

— C'est vous qui allez me le dire.

— O.K., Dakota 2, soupira la voix. Je ne comprends rien à cette salade, mais mon nom est Voltigeur.

— O.K., renvoya Jil Becker, soulagée. C'est bien votre message que j'attendais.

Bolan lui avait parlé de son ami Voltigeur, alias Jack Grimaldi. Un formidable pilote d'hélicos qui l'aidait parfois dans sa guerre contre la mafia.

— Parlez, insista Jil Becker. Votre message?

— O.K., beauté. Mon message, c'est : « Voltigeur, arrivé base opérationnelle. »

— Bien reçu, Voltigeur. Ne bougez pas de la base. Dakota 1 vous appelle dès son retour. Terminé.

— O.K., beauté. *Bye-bye*.

— Voltigeur? rappela in extremis Jil Becker.

— Je suis toujours là, beauté.

— O.K. Alors cessez de m'appeler « beauté ». Terminé.

Et Jil Becker coupa le contact.

Mais alors qu'elle raccrochait le combiné sous le tableau de bord, son instinct l'alerta. Elle voulut tourner la tête vers la portière restée ouverte, sentit quelque chose de dur et de froid se poser sur sa tempe et elle ouvrit la bouche sur un cri qui refusa de sortir. Simultanément, une voix souffla à son oreille :

— Tu gueules, tu crèves, salope !

Une voix vulgaire mais terriblement dangereuse.

CHAPITRE XIX

— Tu te souviens, Roco?

La voix résonnait sous les grands arbres de la forêt et les souvenirs affluaient à la mémoire du Sicilien. Bien sûr qu'il se souvenait. Comment aurait-il pu oublier ce grand fumier de Bolan? Comment aurait-il pu ne pas se souvenir de ce grand salaud de Sergent Miséricorde qui l'avait envoyé en conseil de guerre après lui avoir éclaté la gueule? Comment aurait-il pu oublier cette cicatrice en forme de bec-de-lièvre qui déformait sa lèvre supérieure? Et surtout, comment aurait-il pu oublier cette haine qui l'habitait depuis lors?

Mack Bolan!

Mack Bolan qui était devenu l'Exécuteur. La bête noire de tous les *amici* du monde. L'homme qu'il était sûr de ne jamais plus rencontrer, tant le monde était vaste.

— Eh, Roco! Tu es mort?

Roco sursauta.

— Non, fumier! cria-t-il en se redressant à demi. Je ne suis pas mort et je te crache à la gueule.

— Pour faire ça, Roco, fit ironiquement la voix de l'Exécuteur, il faudrait que tu t'approches un peu.

— Montre-toi, sale con!

Roco avait redressé la taille et posé un genou à terre. SIG à l'épaule et lunette de visée à l'œil, il fouillait la jungle à la recherche de la silhouette haïe. Mais il y eut une courte rafale et une série de petits chocs fit frémir le sol, tout près de son genou. Instinctivement, il bondit de côté, se demandant ce qu'il fallait faire. Soudain, il songea au radiotéléphone de bord. S'il parvenait à envoyer un SOS au *Territoire*, il lui suffirait ensuite d'attendre l'arrivée des renforts. Il attendit quelques instants, se dit que c'était le moment et se dressa, prêt à bondir. Mais comme si l'Exécuteur avait deviné ses pensées, il entendit un choc métallique et, presque aussitôt, ce fut l'explosion. Instinctivement, Roco s'était jeté en contrebas. A l'abri du talus, il sentit les éclats mortels le frôler, tandis qu'une déflagration secouait l'air immobile.

Le Cherokee venait de se volatiliser.

Le grondement de l'explosion roula sous la voûte des grands arbres, s'estompa enfin pour laisser place aux crépitements de l'incendie. Et la voix de l'Exécuteur s'éleva :

— Je suis sûr que tu avais la radio, Roco. Pas vrai?

Le rouquin ne répondit pas. Il cherchait de nouvelles solutions. La fuite? Il fut tenté un instant. Mais presque aussitôt, sa haine viscérale pour le grand fumier l'en dissuada. Il voulait sa peau. Vraiment. Et il voulait le tuer lui-même.

— Tu te souviens, Roco? reprit la voix glacée. Tu te souviens de ce jeu que tu appelais colin-maillard?

Roco grondait intérieurement. Tout le passé lui rejaillissait à la figure. Un passé que Bolan symbolisait à lui seul. Le Vietnam. Le Vietnam et colin-maillard. Tout ça retrouvé par hasard. Ici, au fin fond de la jungle péruvienne. Alors que le monde était si grand. Si grand!

— Tu te souviens, Roco?

— Ouais, fumier. Je me souviens! Qu'est-ce que tu veux?

Un silence plana, puis la voix sépulcrale :

— Je veux jouer avec toi, Roco.

Le Sicilien fronça ses épais sourcils roux.

— Jouer?

— Tu as bien entendu, Roco. Je veux jouer avec toi. Jouer à colin-maillard.

— Hein!

Une drôle de crispation avait tordu l'estomac de Roco. Déjà, la voix sinistre reprenait :

— Je veux jouer avec toi comme tu as joué autrefois au Vietnam, avec ces paysans qui avaient le malheur de tomber entre tes sales pattes. Ces paysans que tu assassinais sous couvert d'interrogatoires. Je veux que tu connaisses enfin l'autre face de ton jeu, Rocodello. Je veux que tu aies peur. Que tu crèves de trouille.

— T'es dingue, Bolan! éructa le Sicilien. T'es complètement dingue ! Mes patrons vont te faire la peau, connard! Ici, c'est pas Chicago. Ici, c'est l'enfer, mec. Comme là-bas, au Vietnam. mais cette fois, c'est un Vietnam que tu connais pas, Exécuteur de mes deux. Ici, c'est déjà ton cimetière.

Vif comme un crotale, Roco avait dévié le canon du SIG de quelques degrés. Dans la direction où le dirigeait la voix de Bolan. Il lâcha une courte rafale, roula sur lui-même, se redressa, envoya d'autres rafales en traversant la route en zigzaguant. Puis plongeant dans les hautes fougères où avaient disparu son dernier garde du corps et l'autre flingueur, il attendit un long moment. Trois ou quatre minutes plus tard, alors qu'il allait se mettre à crapahuter, un coup de feu déchira la nuit.

Surpris par la détonation, Mack Bolan avait tourné la tête. Scrutant le « crépuscule » glauque restitué par le casque I.L., il ne vit qu'une masse végétale immobile. De tous côtés. Puis il y eut encore deux coups de feu, dont l'écho assourdi par la jungle se répercuta brièvement. Dans la *selva*, on ne savait jamais d'où venaient les bruits. Les pourris qu'il avait vus un instant plus tôt foncer vers son secteur étaient nerveux. Heureusement apparemment assez loin.

— T'as entendu, fumier? T'as entendu?

— J'ai entendu, Roco.

— Tu les as pas tous eus, mes hommes. Ceux-là vont te baiser, Bolan ! Ils vont trouer ta sale peau comme une passoire !

— Peut-être, Roco, fit valoir Bolan. Peut-être. Mais en attendant, on va jouer un peu, tous les deux.

— Va te faire foutre!

Une rafale ponctua cette dernière phrase. L'Exécuteur entendit des zonzonnements inquiétants passer au-dessus de sa tête. Il se dit que l'ancien du Vietnam avait conservé la forme.

— Eh, fumier!

— J'écoute?

— Tu sais que je me sépare jamais de ma lunette infra, pas vrai?

— Je sais.

— Et je suppose que t'en as une aussi, hein?

— Devine, Roco. Devine.

Dans la foulée, il avait lâché une autre courte rafale. Dans l'objectif du casque I.L., il vit le colosse sauter sur place. Ses petites 22 Magnum n'étaient pas passées loin.

— Eh, fumier! cria derechef Rocodello. Tu te défends encore, hein?

La manœuvre était transparente. Roco allait essayer de le faire parler. Pour guider les deux autres qui devaient toujours traîner dans le secteur. Il fallait les attirer ailleurs. Encore plus loin de la Land. Et surtout plus loin de Jil Becker. L'Exécuteur avertit :

— O.K., Roco. Je te donne ta chance. Mais sans tricher, dit-il en envoyant deux courtes rafales dans les pneus des Toyota. Je te donne ta chance, mieux que tu n'en as donné au Vietnam à tes victimes. Car elles n'étaient ni armées, ni équipées de matériel de vision de nuit. Tu vois, c'est une vraie chance, que je te laisse. Va. Enfuis-toi pendant que tu le peux encore.

Son but était de prendre Roco vivant. Avec un guide comme lui il pourrait remonter jusqu'à Zera sans perdre de temps et le coincer plus facilement. Mais ça n'allait pas être facile. Roco était un dur. Et un dingue aussi.

Partant sur sa droite, l'Exécuteur se mit à longer la route dans le sens descendant. Lorsqu'il estima avoir suffisamment mis de distance entre le bivouac et lui, il s'arrêta pour entendre la voix de Roco lancer, goguenarde :

— T'es mort, fumier?

Il s'était vraiment éloigné. Au moins de cinq cents

mètres en aval. Il regarda vers l'amont de la route, vit les restes du Cherokee qui continuaient à flamber, mais à la place qu'occupait précédemment Roco, il n'y avait plus personne. Alors, une ombre de sourire glacé erra une seconde sur ses lèvres.

Maintenant, ils étaient à égalité.

Ce serait un vrai duel.

— T'es crevé, Miséricorde?

Lointaine, la voix de Roco était chargée de mépris. L'Exécuteur s'en moquait. Déjà, il opérait le mouvement tournant qui allait l'enfoncer dans les profondeurs de la jungle. Un ricanement s'éleva, aussitôt suivi d'une autre giclée. Du calibre léger, avait déjà deviné Bolan. Du 5, 56. Pas moins meurtrier qu'un autre.

— Toujours aussi malin, fumier, hein? O.K. Je vais te chercher.

Bolan devait se méfier. Rocodello était un sadique, mais il avait une très bonne expérience de la jungle. Peut-être même plus que lui, depuis qu'il était ici. S'allongeant, il balaya la couche d'humus, trouva la terre et y plaqua son oreille. Puis il se mit à attendre. Longtemps. Le temps qu'il fallait pour qu'enfin son ouïe exercée à ce type d'exercice perçoive les très légers tressaillements du sol qu'il attendait. Il écouta avec attention, estimant, calculant la position de l'ennemi et le sens de sa progression, comme il l'avait appris de ses éclaireurs vietnamiens au temps de l'enfer. Il attendit de longs instants, puis, se redressant doucement, il esquissa un nouveau petit sourire glacé.

Maintenant, Roco était à sa merci.

Roco « Colin Maillard » faisait corps avec la *selva*. La jungle, c'était son domaine. Il en avait appris tous les pièges, tous les mirages et toutes les illusions. Même les Indiens de la forêt disaient de lui qu'il savait marcher sur l'air et la pluie. En fait, il savait y ramper. Aussi bien, aussi discrètement qu'un serpent. Dans ces moments-là, son corps massif épousait le terrain comme s'il avait été en caoutchouc. Il s'étendait lentement, mouvant et souple, silencieux comme un souffle. Un génie du crapahut. Cette nuit, c'était l'occasion de le prouver. Non seulement à ces abrutis d'Indiens, mais aussi et surtout à Zino Ferra. Zino qui avait un peu trop tendance à le considérer comme un domestique plutôt que comme un vrai lieutenant... un presque associé. Depuis le temps qu'il le suivait, Zino le Dingue, il aurait dû commencer à en tirer de vrais bénéfices. Avec la tête du grand fumier sous le bras, ce serait différent. Un coup d'éclat qui le ferait considérer par le plus grand.

Flavio Abaco.

Une association avec le vieux serait vraiment un coup de maître. Bien sûr, il faudrait un peu flinguer Zera, mais ce genre de truc était tout à fait dans les cordes de Roco. Il y arriverait. Hormis Zera, il était le seul à pouvoir se déplacer librement dans la forteresse, le saint des saints de ce mégalo de Zera. Il était donc le seul à pouvoir également le tuer à coup sûr. Et comme il était le chef des flingueurs, il n'avait rien à craindre pour la suite.

Tout à ses rêves, le rouquin avait effectué une large boucle. Un périple absolument silencieux qui l'avait amené en plein dans le secteur du grand fumier. Il en était sûr. Il sentait sa présence à mille petites vibrations dans l'air moite de la *selva*. Il allait l'avoir. Il allait lui tomber dessus... et l'inconcevable arriva!

Mack Bolan! Là! A moins de dix mètres!

Dans la lunette de visée infra du SIG, Roco venait de découvrir l'Exécuteur. Dans sa légendaire combinaison noire. Allongé lui aussi dans l'humus. Un flot d'adrénaline fusa dans les veines du Sicilien. Il voyait distinctement les deux jambes enveloppées de cuir noir. Il voyait les rangers. Il voyait aussi le canon de son arme. Dressé vers le haut. Attendant de voir apparaître la cible pour cracher la mort.

De voir apparaître Roco.

Mais Roco était plus malin. Il connaissait mieux la jungle que le grand fumier. La preuve, il était là, juste derrière lui.

Prêt à le flinguer.

Alors, dégustant avidement ces instants de pur bonheur, Roco remonta doucement le canon de son SIG, positionna calmement la mire du réticule luminescent dans la partie gauche du dos à demi découvert, puis, bavant littéralement d'une joie indiscible, il poussa la détente d'un petit coup d'index, butant presque aussitôt sur la première bossette. C'était le moment. L'orgasme meurtrier. L'accomplissement de toute une vie mafieuse. Dans une seconde, il volerait la vie du grand fumier.

C'était le *grand* moment.

Alors, presque doucement, presque affectueusement, il appela :

— Eh, Bolan!

Puis aussitôt, il enfonça la détente du SIG.

La rafale fit un vacarme d'enfer qui se répercuta sous les grands arbres mouillés. Des singes se mirent à hurler quelque part, des vrombissements s'élevèrent un peu partout et, à dix mètres de là, le dos vêtu de cuir noir tressauta sous les impacts.

CHAPITRE XX

C'était le bonheur total. Le jackpot absolu. La consécration. Roco sentait monter en lui un rire fou. Un rire incoercible et pourtant, il ne parvenait pas à l'extérioriser encore. Alors, comme pour conjurer ce sort qui l'empêchait de rire, il tira encore et encore dans ce dos qui tressautait toujours sous les impacts. Il tira jusqu'à ce que les trois chargeurs en ligne du SIG fussent vides. Enfin, à bout de souffle, à bout de sombre joie, il lâcha le FM, prit appui sur ses bras pour se relever et le cri libérateur jaillit de sa poitrine comme une guérison :

— Je l'ai eu ! hurla-t-il à la cantonade. J'ai eu le grand fumier !

Il n'avait pas encore fini de se redresser, quand à la manière d'un écho, une voix s'éleva dans son dos :

— Tu m'as appelé, Roco ?

Une voix tout près de lui ! Une voix sinistre, inacceptable. La voix d'un mort.

Il sembla à Roco qu'il devenait subitement fou. Il lui sembla aussi qu'il allait vomir et tout se mit à tourner sous son crâne. Dans le même temps, quelque chose de dur s'enfonça dans sa nuque et la même voix reprit :

— Tu as de la chance, Roco, beaucoup de chance. J'ai besoin de quelqu'un pour me guider.

Il y eut un temps mort, puis encore la même voix :

— Pour me guider jusque chez Zera.

Roco devenait fou. Il avait vu la combinaison noire hachée par ses balles. Il avait vu le corps tressauter sous les impacts. Il avait vu... ce n'était pas possible. Pas possible. Dans un mouvement presque violent, il redressa la tête, et ayant laissé tomber le SIG et sa lunette, il ne vit évidemment qu'un immense trou noir. Un gouffre noir qui accentua encore son impression de vide dans le cerveau. Alors, autant rassuré par cette obscurité qu'il en était troublé, dans un geste instinctif, il se laissa retomber sur le côté, échappant ainsi au contact de l'objet glacé dans sa nuque. Dans la foulée, il attrapa la crosse de l'Ingram et dans un geste des milliers de fois répété, il fit sauter la sécurité de l'arme. A cet instant, le bruit d'une cavalcade résonna non loin de là et une voix appela :

— Roco ! C'est vrai ? Tu l'as eu ?

Tout allait trop vite. Mais le temps d'une parcelle de folle seconde, tandis que l'index de Roco pesait sur la détente de l'arme, il crut au miracle. Un miracle seulement reporté de quelques instants. La mort du grand fumier, c'était pour maintenant.

Maintenant !

Puis il y eut cet étrange point rouge juste devant lui, comme un microscopique soleil couchant en plein dans l'œil et enfin, cette énorme explosion dans son crâne, et il ne crut plus à rien. La tête éclatée par au moins six ou sept 22 Magnum, il s'effondra dans l'humus, bras en croix, l'Ingram retombé en travers de la poitrine.

— Eh, Roco ! Tu...

A l'instant précis où la masse végétale s'était ouverte, l'Exécuteur avait détourné son regard de cyclope. Il avait vu la silhouette, la micro-Uzi et la lampe torche qui venait de se braquer sur lui. Tout s'était alors passé à la vitesse de la pensée. Son index avait effleuré la détente de l'AM-180 et la tête de Roco avait explosé. Simultanément, il avait aperçu l'éclair métallique à cinq mètres de lui et la lampe torche l'avait ébloui. Alors, tel le cobra qui frappe, l'Exécuteur avait détourné le canon de l'AM-180 et la petite pastille rouge s'était instantanément positionnée sur la silhouette du nouveau venu. Juste au milieu du ventre.

A la cadence de 1200 coups/minute, les deux secondes

de feu crachèrent leurs 40 ogives de 22 Magnum. A cinq mètres de là, le pistolero sembla se casser en deux. Instantanément transformé en bouillie sanglante, son abdomen parut exploser, libérant des choses innommables qui coulèrent le long de ses jambes. Lâchant l'Uzi et la torche, le pourri ouvrit une grande bouche incrédule, vomit un flot de sang et... la partie supérieure de son corps bascula lentement en arrière, tandis que le bas partait en avant. Littéralement ouvert en deux, il se répandit dans l'humus, eut quelques soubresauts que Bolan fit cesser d'une autre courte rafale. En plein cœur. Et le pourri ne bougea plus.

Mort. Sans avoir compris.

L'Exécuteur, lui, avait parfaitement réalisé la situation. Celui-là était un des deux pistoleros qui lui avaient échappé tout à l'heure. Il en avait eu un, mais l'autre...

Jil Becker!

Les coups de feu entendus plus tôt! L'autre avait dû trouver Jil et... Bon Dieu! ce n'était pas possible! Bolan sentait monter en lui quelque chose qu'il n'avait pas éprouvé depuis longtemps. Pas depuis la mort de Rose d'Avril, pas depuis celle de... Subitement, le souvenir du drame de Bangkok, qui avait vu la douce Barbara tomber sous les balles d'autres pourris venait de le frapper en pleine face. En pleine âme. Alors, abandonnant les cadavres et délaissant la combinaison noire et le SPAS qui avaient servi d'appât, il plongea dans la forêt.

— Jil!

Il n'avait qu'à peine murmuré ce prénom. Un prénom qui lui faisait déjà mal. Un prénom dont il avait déjà peur de ne plus se souvenir qu'au passé.

— Jil!

Il ne faisait que murmurer. Mais dans sa tête, ce mot faisait un bruit énorme. Il ne voulait pas! De toute son âme, il refusait d'imaginer deux petits emmerdeurs de sept ans, orphelins d'une mère aux yeux couleur de ciel irlandais... morte parce qu'il n'aurait pas su la protéger.

— Jil!

Son esprit n'était plus que Jil, mais son instinct le guidait sans faille. Dans sa course interminable, il guettait l'autre présence hostile. L'autre silhouette ennemie. Pour tuer. Pour éradiquer le mal. Il courut, courut encore.

— Jil !

— Je suis là, Mack.

Stoppé net dans son élan, Bolan fit encore deux pas et, tous les sens aux aguets, le doigt sur la détente de l'AM, il vit tout en même temps. La Land, le corps écroulé un peu plus loin... et Jil. Jil, debout, immobile, le 32 Smith & Wesson encore dans sa main, une main qui pendait, inerte, au bout de son bras. Jil et son visage irisé de la lueur nacrée de l'I.L., Jil et ses grands yeux fixés droit devant elle. Des yeux un peu perdus. Désemparés.

Jil qui ne le voyait pas.

— Mack. Je... je crois que je l'ai tué.

Elle avait dit cela sans passion. Sans panique non plus. Sa belle voix rauque était juste triste. Infiniment.

Alors Bolan s'approcha, la prit doucement aux épaules, enregistra le tremblement de son corps et, l'attirant contre lui, il souffla :

— Ce n'est rien, Jil. Ce n'est rien.

Un moment passa ainsi, étrange, chaleureux. Bolan sentait le corps de Jil se détendre peu à peu, s'amollir lentement et se laisser aller.

— Ce n'est rien, dit-il encore. C'est fini.

— Oui, souffla Jil contre lui. C'est fini.

Quand leurs lèvres se trouvèrent, ni l'un ni l'autre ne sut qui l'avait décidé en premier. Ce fut d'abord très doux, puis une sorte de rage les saisit et le sol spongieux les reçut. Alors, pour un temps, Mack Bolan décida de tout oublier.

Un moment plus tard, un cri monta dans la nuit. Un cri qui n'avait plus rien de commun, ni avec la peur, ni avec la souffrance, ni avec la mort.

Un cri de femme, un cri de vie.

— Nous l'emmènerons, Mack, avait promis Jil. Nous l'emmènerons avec nous. Et lui aussi, il les aimera, les Galapagos.

Elle parlait du petit Cheng.

Ils s'étaient tout dit. Tout confié. Il savait maintenant tout d'elle, de son union érodée avec Franck Reynolds, de l'amitié qui les unissait néanmoins toujours, de sa passion pour ses deux petits emmerdeurs et de son job à L.A. Puis Jil l'avait écouté. Il avait parlé du Vietnam et des salauds du style de Roco, il avait évoqué le cauchemar de sa famille massacrée, son serment, son entrée en guerre contre la pieuvre noire. Il avait parlé de la ferme de l'Homme de Pierre, de ses compagnons de croisade et aussi de Rose d'Avril. Et de Barbara. Et surtout du petit Cheng.

Bolan s'était raconté.

C'était la première fois.

Puis, les confidences passées, il avait fallu reprendre pied dans la réalité. Il avait raconté la raison annexe de sa venue ici, avait parlé de Franck et de Janet Finley, sans toutefois dévoiler le rôle de Brognola. Son étonnement passé, Jil avait dit comment au plus fort de son angoisse aux échos du blitz, elle avait répondu à l'appel de Voltigeur, avant d'être agressée par le pourri. Un imbécile. Sûr de lui, il ne s'était pas méfié. A la première occasion, Jil s'était servie de son arme. Les fameux coups de feu entendus de loin par Bolan.

Dans la nuit, ils avaient plié bagages pour s'éloigner du théâtre du blitz. La Guardia Civil allait débarquer, autant ne pas prendre de risques. Maintenant, combiné du radiotéléphone à l'oreille, l'Exécuteur écoutait :

— Tout est O.K., *Striker*.

La voix de Jack Grimaldi. Jack, dont Bolan avait requis la présence lors de son dernier coup de fil à Brognola. Jack Grimaldi qui, comme chaque fois, s'était aussitôt précipité. Ravi d'en découdre encore avec les *amici*.

Arrivé la veille à Tingo Maria après un transit à Lima, il était resté à l'aéroport où Bolan l'avait rejoint avant de rencontrer Morales. Ils y avaient négocié la location d'un vieux Sykorsky S-55 qui ne servait plus qu'à balader de rares touristes au-dessus de la *selva*. Il était dans un état déplorable et Grimaldi avait estimé qu'une nuit de travail ne serait pas de trop pour le rendre opérationnel.

Opérationnel pour ce qu'ils voulaient en faire.

Ce qui n'avait rien à voir avec le tourisme. Attaquer les *narcos* sur leur terrain n'allait pas être une partie de plaisir.

— Tu m'entends, *Striker*?

— Affirmatif, renvoya l'Exécuteur.

En fait, ils s'entendaient assez mal. Logique. Par sécurité, Bolan avait décidé d'utiliser une fréquence de mauvaise qualité. Parasitée à outrance, elle n'était empruntée par personne, l'Exécuteur l'avait vérifié.

— Tout est O.K., répéta l'ancien pilote du Vietnam. On ne devrait pas se casser la gueule trop vite.

Il aimait la plaisanterie.

— Mais faudrait se magner, ajouta Grimaldi. J'ai pas envie de moisir dans ce bled. C'est trop dégueu.

— Ecoute, renvoya Bolan, ça risque d'être un peu plus long que prévu. Je n'ai pas réussi à localiser l'objectif avec précision. Il me faut un peu de temps.

Avec l'arrivée inopinée du dernier flingueur sur le lieu où il tenait Roco et les deux problèmes à gérer en même temps, Bolan n'avait pas eu le choix. Le rouquin était trop dangereux. Résultat, il faudrait remonter la piste autrement. Peut-être par Morales.

— O.K., soupira Grimaldi. C'est toi le boss. Qu'est-ce que je fais?

— Tu ne bouges pas du secteur et tu restes à l'écoute. Je te tiens au courant. Terminé.

— Bien reçu, *Striker*. Terminé.

Le contact fut coupé et le silence relatif de la forêt retomba sur Jil et Bolan. Depuis un moment, l'Exécuteur n'était pas tranquille. Une vague oppression qui était sans doute précisément due à la lourde atmosphère de la *selva*. Au bout d'un moment, Jil demanda :

— On ne peut vraiment rien faire?

Bolan secoua la tête.

— Négatif. Du moins dans l'immédiat. En l'absence de renseignements précis, trouver l'hacienda de Zera du premier coup équivaudrait à décrocher le gros lot de la loterie. En cas d'erreur, ce serait le coup de pied dans la fourmilière chez tous les *narcos* et nos chances de retrouver Franck seraient nulles.

— S'il est encore vivant, souligna sombrement Jil.

— S'il est encore vivant, acquiesça Bolan. En attendant, je dois redescendre à Tingo Maria. Il faut que je retrouve Morales.

Mais alors qu'il allait exposer le plan qui venait de germer dans son esprit, quelque chose se mit à frémir au tréfonds de la forêt. Quelque chose qui vibrait et qui avait l'air de chanter aussi. Très bas. Très faiblement. L'Exécuteur comprit que son instinct ne l'avait pas trompé. Il avait bien senti une « présence » autour d'eux. Déjà, il avait attrapé l'AM-180, mais Jil s'étonna :

— On dirait un cantique !

Subitement, l'Exécuteur comprit. Sourcils froncés, regard fouillant en vain l'épaisse végétation nimbée de brume et encore mal éclairé par le petit matin, il déclara d'une drôle de voix :

— Tu as raison. On dirait un cantique.

Mais déjà, il savait bien que ce n'était pas ça.

Du moins, pas exactement. Ce chant-là, il l'avait déjà entendu. Très récemment. Alors, se redressant, l'AM-180 juste au bout du bras, il s'avança vers le mur végétal.

— Mack !

Mais il n'écoutait plus. Tendu vers ce chant étrange, il avançait toujours, écartant les hautes fougères, repoussant les rideaux de lianes, irrésistiblement attiré par cette espèce de fascination qu'exerçait sur lui ce chant si faible.

— Mack !

Il y eut encore un rideau de lianes, des fleurs rouges accrochées à des racines, une araignée aux pattes démesurées et fines comme des fils... et Mack Bolan le découvrit.

Le vieil Indien !

Celui de *La Venta* ! Assis, immobile dans son poncho fumant de brume, hiératique.

Leurs regards se trouvèrent, s'accrochèrent, tandis que l'Indien se taisait et qu'un silence épais retombait sur eux. Puis, comme s'éveillant d'un songe profond, le vieil Indien hocha lentement sa tête aux longs cheveux blancs, et, sans quitter Bolan de son regard sombre et comme absent, il déclara de sa voix cassée :

— Je peux te guider vers l'homme que tu cherches.

Il observa un temps de silence, dit encore :

— A une condition.

CHAPITRE XXI

Le vieil Indien s'appelait Muisak. C'était un vieux chef de tribu jivaro et, dans sa langue, cela signifiait « Ame de revanche ». Un nom qu'il s'était donné, après que le Blanc à l'esprit du mal de la forêt lui eut tué son arrière-petit-fils. Une histoire simple et tragique. Depuis toujours, l'émeraude sacrée était dans la tribu, gardée par le chef. Vint le jour où Tawakani, l'arrière-petit-fils fut à son tour intronisé et l'émeraude lui fut remise. Mais, mis au courant, l'homme blanc à l'esprit du mal fit tuer Tawakani et s'empara de la précieuse pierre.

L'homme blanc s'appelait Zera. Gino Zera.

Et Muisak n'avait pas menti. Il savait où trouver Gino Zera. Il le savait même depuis longtemps, car depuis l'assassinat de son arrière-petit-fils, le vieil Indien avait quitté sa tribu pour partir en chasse. Une chasse dont il savait qu'il n'aurait que peu de chances de la mener à son terme. Il était trop vieux et sa tribu décimée par la civilisation se résumait à quelques membres, trop âgés ou trop jeunes. Il était seul. Alors, l'autre jour, à *La Venta*, quand Bolan était intervenu pour le secourir, Muisak avait compris que le destin venait de lui offrir sa chance de vengeance. Depuis, il n'avait plus lâché sa piste. A l'indienne. Sans se démasquer. Comme autrefois, quand il était encore un grand chef guerrier et qu'il confectionnait des *tzantzas*[1] avec les têtes de ses ennemis. Des têtes qu'on réduisait pour comprimer l'esprit de revanche de l'ennemi mort, et dont on cousait tous les orifices afin d'empêcher ce même esprit de revanche de sortir.

Le vieil Indien n'avait pas menti.

Il avait bel et bien guidé l'Exécuteur vers Gino Zera. Plus exactement, dans son fief. Cela avait pris presque deux jours. Car pour éviter les alentours piégés du *territoire*, Muisak leur avait fait faire un long détour par l'est. Et là, de son nouveau bivouac à flanc de montagne, et grâce aux jumelles infra, l'Exécuteur pouvait embrasser la totalité du domaine de Zera. Toute une mini-vallée. Encaissée entre les flancs couverts de jungle de reliefs arrondis, apparemment inaccessible autrement que par les airs, et par une piste cachée sous le manteau de la forêt. Une piste qui, selon Muisak, était abondamment minée. Au cours de ses « missions de surveillance », il avait souvent vu les *pistoleros* louvoyer lentement entre des « repères invisibles ». Au centre de la vallée était tracé un quadrilatère d'environ trois hectares, entièrement ceinturé d'un mur, lui-même surmonté de hauts grillages. A chaque angle de l'enceinte, un mirador montait la garde, sous l'auvent duquel, aux jumelles, on voyait nettement pointer le canon d'une mitrailleuse, et, au milieu des trois hectares, une grande hacienda.

Le saint des saints.

Autour de la forteresse, des bâtiments de couleur ocre, dont certaines fenêtres étaient encore éclairées, couverts de toits de tôle. Les habitations de l'armée de flingueurs, celles du personnel et des ouvriers de la coca. Des ouvriers qui se rendaient chaque jour sur les plantations sauvages des collines alentour. Il suffisait de voir les zones déboisées pour les localiser. Des hectares de coca. Des millions de dollars sur le marché américain. Mais ce n'était pas tout. Car à l'instar de ses semblables locaux, Zera avait une couverture. Tout un cheptel de bovins, sur d'immensesprairies, elles aussi arrachées à la

1. Nom jivaro des célèbres têtes humaines réduites

forêt. Comme au Brésil. Ça, la coke et les divers trafics comme par exemple celui des « orphelins », la fortune d'un Zino Ferra pouvait se compter en méga-millions.

La mafia avait encore de beaux jours.

A moins que l'Exécuteur n'y mette très vite bon ordre. Ce qu'à l'issue de deux jours d'observation assidue, il était décidé à faire.

Une opération programmée pour cette nuit selon un plan à la fois simple et délicat, basé sur l'effet de surprise, et dont l'issue prévoyait, non pas la mort, mais la capture de Zino Ferra. Pour deux raisons. *Primo*, la libération éventuelle du couple de reporters US, *secundo*, la récupération tout aussi éventuelle de la fameuse émeraude sacrée des jivaros.

— Mack ?

— Oui.

Dissimulée près de lui dans l'épaisse végétation, Jil Becker avait elle aussi observé la vallée de l'hacienda. A travers l'œil de cyclope du casque I.L., elle avait longuement regardé les baraquements et la maison du maître de ce territoire secret. Elle s'était demandé si Franck était là et s'il était vivant. Elle s'était même posé d'autres questions. Beaucoup plus personnelles. Mais les réponses étaient les mêmes qu'avant. Aussi rocambolesque qu'elle soit, une aventure comme celle qu'elle vivait en ce moment ne changeait pas le cours d'une histoire d'amour finie. Franck, elle voulait juste l'aider. Par devoir et par amitié. C'est tout.

— Mack, reprit tout bas la jeune femme. Je voulais te dire...

— Tu as peur ?

Le rôle de Jil ne comportait en principe que des risques très limités. Il se résumait à une paire de jumelles infra et à un talkie-walkie. Les premières pour suivre le blitz du haut de la colline, le deuxième pour communiquer le résultat de ces observations sur le terrain.

— Non, Mack. Je n'ai pas peur. Mais dans dix minutes, tu seras parti. Alors, je voulais te dire...

— C'est en rapport direct avec le blitz ?

Il n'avait pas ôté les jumelles de ses yeux et semblait

absent. Dur. Son profil granitique, cette voix qu'il avait dans ces moments-là...

— Non, répondit Jil après une hésitation. Non. Aucun rapport.

Ce fut tout. Les dix minutes passèrent sans qu'ils n'aient échangé un seul autre mot. A leur issue, Mack Bolan redressa sa grande carcasse, tendit les jumelles de nuit à Jil, dit seulement :

— A 3 heures.

Puis il disparut dans la nuit.

Il était 22 heures.

La jeune femme entendit le moteur de la Land démarrer, avant de décroître rapidement sur la mauvaise piste qu'empruntaient parfois les Indiens du cru. Alors, elle se sentit soudain vide. Et puis elle avait un peu peur aussi. Pas pour elle. Pour ce grand diable d'homme qui avait marqué son âme autant que sa chair. Et puis elle était triste aussi. Parce qu'elle n'avait pas pu lui dire...

Puis elle haussa les épaules. C'était sûrement mieux ainsi.

— Pas mal, apprécia Bolan en pénétrant dans le hangar d'*AeroSelva* situé tout au bout de la zone fret du petit aéroport de Tingo Maria. Pas mal du tout.

En effet, comme à son habitude, Jack Grimaldi avait accompli des prodiges. En quelques heures seulement, il avait réussi non seulement à aider Bolan dans l'installation de son arsenal, mais également à peindre le sigle *POLICIA* sur les deux flancs de l'appareil. Un sigle bleu sur fond blanc, qui aurait, du moins au début du contact avec l'ennemi, l'avantage de jeter le trouble dans ses rangs. Car bien sûr, même chez les *narcos*, on n'ouvrait pas le feu sur la police locale.

A ce propos, Bolan questionna :

— Tu es sûr de toi, pour l'hélico des vrais flics.

— Affirmatif, scanda le pilote. J'ai réussi à jeter un œil dans le hangar de leur ventilo. Bien sûr, c'est pas le même appareil, mais ça, les *narcos* n'y verront que du feu. Ce qui compte, c'est le mot police et l'effet de surprise.

Sur ce chapitre, Bolan était tranquille. Il n'était pas rare en effet que les flics de Tingo Maria rendent de petites visites de courtoisie aux barons de la coke. Mais jamais pour leur chercher vraiment des crosses. Plutôt pour entretenir une franche et loyale camaraderie de bon voisinage. Bien sûr, l'heure tardive de cette « visite » surprendrait, mais l'Exécuteur n'avait pas l'intention de laisser le doute planer très longtemps.

— Et pour le plan de vol? questionna-t-il.

— Pas de lézard, assura Grimaldi. Tout est O.K. Plan de vol bidon. Ici, on ne s'étonne de rien. Tout le monde trafique et tes dollars ont fait taire les derniers scrupules.

— O.K., dit-il en consultant sa montre. C'est l'heure.

Il était 2 h 40 du matin.

Dix minutes plus tard, le Sikorsky était sorti du hangar et les deux hommes installés dans la cabine surélevée. Casque aux oreilles, Grimaldi bavarda un instant avec la tour, puis, ayant reçu son autorisation de décollage, il leva le pouce et mit les gaz.

Dans dix minutes exactement, ils seraient en vue de l'objectif.

— Tu vas crever! putain de bonne femme! Tu vas crever, grinçait Zino Ferra sur son trône inca. Et tu vas crever dans pas longtemps, salope! Dans deux ou trois jours. Pas plus. Après, je me laverai les pognes dans ton résiné! Pour me laver de tout ce que les putains dans ton genre font endurer aux hommes. Pour les venger tous!

Essoufflé, Zino Ferra s'était laissé aller contre le dossier du magnifique fauteuil. Il sortit un mouchoir de sa manche de kimono, épongea son front trempé de sueur et tandis que des lueurs sadiques s'allumaient dans son regard proéminent, sa bouche se tordit dans un rictus.

— Finalement, dit-il d'un air rêveur, j'aurais pas dû faire buter ton copain. J'aurais dû le mettre en cage avec toi et attendre la suite des événements.

Il éclata d'un petit rire mauvais, se pencha de nouveau en avant pour regretter :

— Dommage. Je suis sûr que vous auriez fini par vous entre-bouffer.

Puis il éclata d'un rire qui secoua toute sa grande carcasse de vautour trop maigre. Dans ces moments-là, il ne songeait plus à rien d'autre. Ni à l'équipe de Roco qui s'était fait massacrer par on ne savait qui, ni aux reproches de Don Flavio qui commençait à le trouver un peu encombrant. Mais à cet instant, il entendit un bruit sourd, suivi d'un autre, plus fort, qui fit frémir les murs. Aussitôt, son esprit dérangé redevint glacé et il se dressa sur ses interminables jambes. Juste au moment où un bruit de cavalcade résonnait.

— Patron ! Patron !

La porte dans son dos venait de s'ouvrir et Rafaele, le remplaçant de Roco, s'encadrait dans l'ouverture. Une silhouette plus mince que celle de Roco, mais aussi grande. Un très bon second, Rafaele. Qui avait attendu la place longtemps. Et très respecté par les ouvriers. Aussi bien par ceux des plantations que par ceux du « labo ». Hier, il avait célébré son ascension hiérarchique en en abattant deux. Soupçonnés de trafic de pasta avec de petits dealers de Tingo Maria. Ça ferait un exemple.

— Patron ! On est attaqués !

C'était si énorme que Zino Ferra faillit éclater de rire pour la troisième fois. Mais Rafaele semblait vraiment dépassé par les événements. Incrédule, encore sous le coup des fortes émotions vécues au spectacle de Janet Finley, Zino Ferra ouvrit davantage encore ses yeux globuleux pour questionner :

— Attaqués ! Par qui ?

— *La policia, señor* ! *La policia* !

Dès le début de l'attaque, tout avait été très vite. Comme un aigle qui fond sur sa proie, le Sikorsky avait littéralement « chuté » dans la petite vallée. Aussitôt, Grimaldi avait allumé son puissant phare ventral, tandis qu'au niveau inférieur de la cabine, positionné en configuration de combat, l'Exécuteur avait déjà établi son plan d'attaque. D'abord les miradors, puis directement l'hacienda. La M.60 était O.K. Bande-chargeur engagée, prête à cracher la mort en format 7, 62. Le SMAW aussi. Missile de 82 engagé. Casque sur les oreilles, Bolan attendait le feu vert de Jack. Un feu vert qui vint sous sa forme laconique habituelle.

— GO!

Grimaldi avait fait pivoter l'appareil sur sa droite, découvrant d'un coup aux observateurs des miradors le panneau d'ouverture gauche béant. Solidement sanglé à trois points d'ancrage, l'Exécuteur était prêt. Lorsqu'il eut le toit du premier mirador en vue, il fit glisser le panneau d'ouverture droit situé derrière lui, établissant ainsi une sorte de « couloir » vide. Puis épaulant les presque 9 kilos du SMAW chargé, il positionna son œil devant la lunette du fusil de visée, fit le point, pressa la détente. Il y eut une faible explosion et là-bas, un point lumineux apparut sur la tôle du toit du mirador. Le pointage optique de guidage. Aussitôt la roquette déjà programmée jaillit de son tube-container, passa l'ouverture de la porte dans un jet lumineux de comète, fusant vers son objectif à la vitesse d'une fusée. D'une portée pratique limitée à 250 mètres, le missile pouvait traverser un blindage de 400 mm maximum. Alors, une tôle ondulée...

Dans la seconde suivante, transformés en chaleur et en lumière, le premier mirador, sa mitrailleuse et son servant étaient rayés de la carte. Cela fit une explosion sourde, suivie d'une autre, plus sourde encore, dans un déchaînement de feu et de débris divers. Une tôle vola très haut, retomba en voletant, allant s'écraser sur le toit d'un baraquement distant d'une centaine de mètres. Mais déjà, l'Exécuteur avait engagé un nouveau tube container à l'arrière du lanceur.

— GO! cria encore Grimaldi dans la radio de bord.

De nouveau, l'Exécuteur opéra sa visée, appuya sur la détente une deuxième fois.

Et le deuxième mirador vola en éclats jusqu'en enfer. Mais maintenant, les pourris commençaient à réagir. L'opération lancée contre eux n'avait rien à voir avec une visite policière de courtoisie. Les flics n'auraient jamais attaqué... sans prévenir aimablement. Surtout pas comme ça. Même la Dircote ne disposait pas d'une telle puissance de feu. Alors, les pourris avaient compris. Du moins, ils le croyaient. Les agresseurs travaillaient pour une famille rivale. La guerre des *narcos* recommençait.

— Attention, *Striker* ! avertit Jack Grimaldi. A 11 heures !

Il n'avait pas achevé sa mise en garde que les premiers grêlons venaient transpercer la tôle de la carlingue. Des grêlons mortels, émanant de la mitrailleuse du troisième mirador. Les salauds réagissaient vite. L'Exécuteur aussi. Il avait engagé un autre missile dans le SMAW et il pointait de nouveau la mire de la lunette de visée. Le troisième départ fut comme les précédents. Panaché de sa comète et aussi destructeur. Le troisième mirador se désintégra et dans la lumière de l'explosion, Bolan aperçut un corps sans jambes qui tournoyait dans le ciel.

— Gaffe, *Stricker* !

Bolan avait vu aussi. Une colonne de 4x4 sortis des baraquements et qui convergeaient vers l'enceinte. Il avait vu aussi les éclairs qui partaient de leurs plateaux découverts. D'autres mitrailleuses entraient en action.

— *Shit* ! cria Grimaldi dans la radio. C'est fort Alamo !

Les mitrailleuses s'étaient mises à tirer toutes en même temps et cette fois, c'était un déluge qui s'abattait sur le Sikorsky. Et comme si cela ne suffisait pas, deux types apparurent dans le rayon du phare de l'hélico. Egalement porteurs d'étranges appareils.

— *Shit* ! lança à son tour Bolan.

Son œil exercé avait immédiatement identifié les armes en question.

Deux lance-missiles Stinger !

Avec ça, l'hélico n'avait aucune chance. Ils pouvaient être volatilisés.

CHAPITRE XXII

— *Shit, shit, shit!* hurla Grimaldi dans la radio de bord. On est baisés !

Mais l'Exécuteur n'écoutait pas. Parant au plus pressé, il avait lâché le SMAW, arrachant la M.60 de son trépied. Un centième de seconde plus tard, son doigt enfonçait la détente. A la cadence de 550 coups/minute, la bande-chargeur se déroulait, lâchant ses pruneaux de 7, 62 à la vitesse initiale de 855 mètres/seconde. Tendant les sangles de sécurité à l'extrême, littéralement sorti de l'appareil, l'Exécuteur arrosait soigneusement. Pour sauver leur peau. En bas, il y eut une ou deux secondes de flottement. Des petits geysers éclataient au sol, s'approchant inexorablement de leurs proies. Un des servants du Stinger hésitait visiblement, tandis que l'autre reculait en se battant avec son matériel. Sous un feu pareil, la victoire appartenait aux nerfs les plus solides.

Ce qui arriva très vite.

D'une toute petite correction, Bolan avait remonté son tir et ce qui devait se produire survint. Fauchés net par la longue rafale, les deux pourris tressautèrent sous les impacts, avant de s'effondrer en lâchant leur matériel.

Mais l'Exécuteur les avait déjà oubliés. Lâchant la M.60 à son tour, il réépaula le SMAW, visa le quatrième mirador dont la mitrailleuse venait de se mettre en batterie. Le missile jaillit, transperça la nuit de son panache d'étoiles, alla frapper de plein fouet la nacelle du mirador. Comme les autres, celui-ci s'envola dans un opéra de feu et l'hélico remonta aussitôt en chandelle. Le temps à Bolan de recharger la M.60 ou de préparer autre chose.

Il fit les deux.

— GO ! lança-t-il après en avoir terminé.

Derechef, le Sikorsky plongea vers l'enfer. A vue de nez, Bolan décomptait l'altitude. Au top-niveau, il lança :

— Stop !

Grimaldi savait tout faire. Y compris arrêter un hélico de trois tonnes et demie en plein vol. Bolan était prêt. Une à une, il dégoupillait les grenades défensives, les laissant ensuite tomber vers les 4x4, tels de mortels œufs de Pâques. En bas, les tirs des plateaux se déchaînaient. Mais les premières explosions déclenchèrent la panique. Certains hommes tombaient, d'autres évacuaient les engins pour s'égayer dans la nature. Une nature vraiment très dépouillée à cet endroit. Tout avait été rasé. Pour faire propre, et aussi pour éviter les mauvaises surprises.

Ils étaient servis.

Mais ceux-là n'intéressaient presque plus Bolan. En deux ultimes rafales de M.60, il les coucha l'un après l'autre, songeant déjà à la suite de son plan d'attaque.

— O.K. ! lança-t-il dans son micro-casque. Cap sur objectif *leader*.

L'Hélico vira de nouveau, remonta à 1500 pieds, attendant encore une fois que Bolan soit prêt. Vêtu d'une combinaison noire de moto achetée d'occasion pour remplacer provisoirement celle qu'il avait abandonnée dans la forêt, armé du Beretta en holster de hanche, du GP Browning en holster d'épaule, de l'Ingram M.10 en sautoir et du dévastateur AM-180 chargé à bloc en *Metal Piercing* à la main, l'Exécuteur acheva d'accrocher les grenades à sa ceinture. Puis, poignard dans la botte et Mag-Lite glissée dans une poche, il lança enfin l'ordre de descente. Le Sikorsky plongea comme une pierre, parut sur le point de s'écraser, s'arrêta in extremis à deux mètres seulement. L'Exécuteur balança le matériel prévu pour le combat au sol, puis, après un « GO ! » destiné à Grimaldi, il sauta dans le vide.

Aussitôt, le Sikorsky remonta en chandelle, vira, disparut. Maintenant, Bolan était seul. Enfin, pas complètement. Deux autres 4x4 venaient de surgir défonçant le double portail grillagé qui fermait le quadrilatère. Fonçant sur lui en faisant hurler leurs cylindres... et leurs mitrailleuses. L'Exécuteur ramassa le SMAW pré-chargé, l'épaula, envoya son cinquième missile. Au niveau des 4x4, ce fut l'enfer. Celui qui était touché partit dans un feu d'artifice dantesque, tandis que par effet de souffle, son voisin basculait en prenant feu. D'une rafale d'Ingram, Bolan arrosa les survivants, puis, épaulant son SMAW pour la sixième et dernière fois, faute de missiles, il envoya la roquette au ras du sol, sous la galerie qui courait autour du bâtiment principal de l'hacienda.

Et cela eut exactement l'effet escompté.

L'explosion fit basculer un pan de mur et, ses fondations attaquées, le bâtiment s'ouvrit en deux. A environ un tiers de sa longueur. Comme une boîte que l'on ouvre. Une faille nette, presque sans gravats. Du travail « chirurgical ». Petit miracle, les lumières intérieures ne s'étaient pas éteintes. Alors, l'Exécuteur fonça. AM-180 en batterie dans une main, Ingram dans l'autre, il sauta sur la galerie, balaya d'une rafale de 22 Magnum deux *soldati* qui surgissaient en hurlant, fit sauter la tête d'un troisième d'une courte rafale d'Ingram, se tourna de trois quarts, coucha pour le compte une demi-douzaine de pourris qui sortaient de la nuit pour le prendre à revers. De l'autre côté, un nouveau 4x4 bourré d'hommes en armes surgissait. Des types sautèrent au sol, envoyant des giclées d'ogives vers Bolan.

— Alors, fumier ! On se retrouve, pas vrai ?

Sous les ecchymoses, Bolan reconnut la grosse face de brute d'Ernesto. Le pourri qui avait écrasé son cigare sur la main du vieil Indien. L'homme du *señor* Abaco. Donc, Zino Ferra avait alerté ses copains. Galvanisé par la rage, l'autre avançait sans se méfier. Sûr de lui. Trop.

La rafale de 22 Magnum transforma son tronc épais en tonneau percé. Au passage, la même rafale avait aussi fait mal aux autres. Déjà, Bolan bondissait à nouveau et subitement, il se retrouva dans la place.

Le saint des saints.

Dans un vaste salon sans éclairage. Soudain, il vit une porte s'ouvrir et une haute et maigre silhouette s'inscrivit dans le cadre. Armée d'un fusil à canon scié qui cracha aussitôt sa grêle de plomb. Des chevrotines. Il y eut des éclats partout, du verre pilé, des ricochets dangereux. Heureusement, l'Exécuteur avait sauté derrière un gros canapé. Mais dans le mouvement, il avait tiré lui aussi. Cela fit beaucoup moins de bruit, mais le résultat fut meilleur. A peine nommé, le remplaçant de Roco encaissa ce qui restait du chargeur de l'AM. Ce qui suffit amplement à lui faire éclater le front.

— Je vais la tuer ! Je vais la tuer !

La voix avait explosé non loin de là. Une voix grinçante, fébrile. Le temps d'un éclair, Bolan avait aperçu une autre longue silhouette. Vêtue d'une sorte de kimono noir et brandissant un M.16.

— Si vous approchez, je la flingue. Juré !

Bon signe, songea aussitôt Bolan en changeant le chargeur camembert de l'AM. « La » en question était peut-être... mais pas le temps de penser. D'un nouveau bond, l'Exécuteur avait sauté le canapé, plongé dans l'ouverture de la porte, pour voir le type en kimono arriver devant une autre porte. A cet instant, il tourna la tête et, instantanément, Bolan l'identifia.

Zino Ferra.

Bingo ! comme aurait dit Brognola. Et si c'était Ferra, ce même Ferra qui autrefois organisait toutes sortes de trafics, y compris celui des enfants, on pouvait raisonnablement imaginer qu'il était aussi à l'origine du trafic d'enfants sur lequel enquêtaient Reynolds et Janet Finley. Donc, derrière cette porte il y avait peut-être Janet Finley.

Aussi, pas question de laisser Ferra la rejoindre. Ce serait un trop bel otage. Alors, Bolan tira. Une rafale très courte qui fit sursauter le pourri. Mais au moment où il croyait le voir tomber, Ferra avait ouvert l'autre porte et se ruait dans un local éclairé a giorno. Bolan arriva sur le battant au moment où il se refermait. Un panneau en acier. Il le percuta de toute sa masse, mais l'autre tenait bon. Heureusement, pour résister à la poussée de Bolan, Ferra avait besoin de ses deux mains. A cet instant, Bolan s'en félicita. Car sous le projecteur qui provoquait cet éclairage de théâtre, il venait d'apercevoir une autre silhouette.

Mince. Claire, fragile. Derrière un mur de glace.

Janet Finley!

Il n'avait aperçu le visage diaphane qu'un dixième de seconde, mais cela lui avait suffi pour identifier la jeune femme dont Brognola lui avait remis une photo. Glacé de rage, il poussa de toutes ses forces, parvint à écarter la porte de quelques centimètres et, dans un geste fulgurant, il passa le court canon de l'Ingram dans l'ouverture et tira.

A bout portant.

Dans la pièce au projecteur, il y eut comme une explosion, puis du verre se brisa et la porte céda d'un coup. Sous la poussée de Bolan, elle alla cogner contre un mur. Il plongea dans la pièce, vit Ferra qui reculait en lâchant son M.16 et qui, le regard encore plus globuleux, fixait l'Exécuteur comme s'il voyait le diable. Un diable qu'il voyait d'ailleurs peut-être vraiment... puisqu'il était déjà mort. Debout, mais vraiment très mort. Cœur explosé par toute la rafale d'Ingram. Tel un lamentable pantin désarticulé, il reculait toujours. Par à-coups, semblant marcher sur des œufs. Enfin, sa grande carcasse bascula, s'abattit à la renverse et cette fois la scène se transforma en film d'horreur : en tombant, Zino Ferra venait de se décapiter sur un pan resté debout du gigantesque vivarium où il avait décidé de laisser mourir Janet Finley. Etrange ironie du sort, quand on connaissait la « condition » exigée par le vieil Indien Muisak, en échange de son aide.

— Qui... qui êtes-vous!

Réfugiée dans un angle du vivarium aux trois quarts détruit et nageant littéralement dans le verre pilé, Janet

Finley dardait sur ce grand diable noir jailli de nulle part un regard halluciné. Transparente à force de pâleur, elle semblait sur le point de mourir. Rassurant, Bolan s'approcha d'elle, l'aida à se relever en disant :

— Tout va bien. Vous êtes sauvée.

Alors, Janet Finley s'évanouit.

C'était bien le moment ! D'une détente, l'Exécuteur la chargea sur son épaule puis, faisant demi-tour et veillant au grain, il alla la déposer dans le grand salon ouvert. Dehors, il ne semblait plus y avoir de belliqueux, mais ça n'allait sûrement pas durer. Les autres *narcos* avaient aussi du « personnel ».

Mais Bolan avait une « condition » à remplir.

Il avait donné sa parole au vieux Muisak.

Pour ça, il retourna dans la pièce au projecteur, n'y resta qu'un instant. Quand il revint dans le grand salon, il avait un paquet sous le bras. Un paquet entouré du kimono noir. Il le posa un instant, attrapa le talkie-walkie accroché dans son dos, appela :

— Dakota 1 à Dakota 2. Répondez.

— Dakota 2 à Dakota 1, répondit aussitôt la voix oppressée de Jil Becker. Mack ! Je n'arrête pas de t'appeler ! Il y a des camions qui arrivent par la piste et...

— Appelle Voltigeur, coupa sèchement l'Exécuteur.

Puis il coupa le contact et, portant toujours Janet Finley, il sortit sur la galerie.

Dans trente secondes, le Sikorsky serait de nouveau là.

Mais il avait à peine pensé cela que des phares trouaient la nuit vers l'est. Beaucoup de phares. Ils tressautaient sur la piste, débouchant de la *selva* comme autant de gris insectes de science-fiction. A en juger par leur netteté, ils étaient encore loin du quadrilatère. Mais soudain dégagés de la piste où ils avaient dû tenir compte du plan des mines, les deux premiers accélérèrent subitement et des tirs trouèrent la nuit. Près de Bolan, les premiers impacts firent éclater du bois et il se dit que Janet et lui allaient y passer. Bien sûr, il pouvait retourner dans la maison de Ferra, mais c'était reculer pour mieux sauter. Ils le coinceraient à l'intérieur.

Et l'hélico qui n'arrivait pas!

— Eh ! hurla soudain une voix amplifiée par un mégaphone. Le gros malin, qui tu es?

Evidemment, cela s'adressait à Bolan. Des tirs de plus en plus précis fauchaient à présent la terre rouge un mètre devant la galerie. A cet instant, Janet Finley gémit sur son épaule, et Mack Bolan se sentit soudain terriblement seul.

Et comme toujours dans ces moments-là, l'idée lui vint.

Une idée totalement folle. Suicidaire, mais magnifique comme le sont souvent les actes désespérés. Toujours portant Janet Finley, il disparut de nouveau dans la grande maison disloquée.

Jack Grimaldi hurlait de rage dans le cockpit du Sikorsky. Un putain d'hélico de merde qu'il avait dû poser en catastrophe dans un champ de coca, à moins de dix miles du théâtre des opérations. Défaut de compression. Résultat : risques de crash permanents. Jurant tous les diables, ses outils déballés devant lui, il rafistolait le gros moteur Wright R-1300-3 avec les moyens du bord. C'est-à-dire pas grand-chose.

— Dakota 2 à Voltigeur! Dakota 2 à Voltigeur! Répondez!

Et cette nana qui n'arrêtait pas de l'emmerder! Il fonça sur la radio de bord, hurla :

— Ecoute, beauté. Tu devrais arrêter de me les gonfler et...

— Ecoute, Grimaldi de mes fesses, coupa soudain la voix grondante de Jil Becker dans le circuit. J'ignore où tu es et ce que tu fais, mais tu vas te magner d'aller chercher ton pote. Sinon, je te colle une olive en plomb dans les deux grammes de mou qui te servent de cervelle. Et puis, une fois pour toutes... arrête de m'appeler beauté! Terminé!

Complètement médusé, Jack Grimaldi en resta la clé à molette en l'air. Hagard, il fixait le radiotéléphone, comme s'il s'était agi d'un véritable interlocuteur. Mais le grésillement émanant de l'appareil disait clairement qu'il n'y avait plus personne en ligne. De rage, il envoya un coup de pied dans l'énorme bloc moteur et, parce qu'il n'y avait rien d'autre à faire, il redescendit aux commandes de l'hélico.

Et le moteur repartit.

Pas vraiment très franchement, mais suffisamment pour tenter le diable. Un instant plus tard, Grimaldi arrachait le gros oiseau de fer paresseux de la plantation de coca. Juste au moment où un 4x4 arrivé de nulle part surgissait, son plateau arrière bourré de pistoleros armés jusqu'aux dents. Il y eut quelques tirs, mais la tôle du Sikorsky en avait déjà tellement vu que vingt ou trente impacts de plus n'y changeraient pas grand-chose. Plein gaz et tremblant de toute sa structure fatiguée, il filait à présent à 180 Km/h. Le maximum de sa vitesse de croisière, ce qui, à cette altitude, était pure folie. Mais Grimaldi bouillait de rage. Ses origines latines supportaient mal qu'une femme le traite de cette façon. Alors, il se vengeait sur l'appareil. Ou il volait jusqu'au bout, ou il crashait.

Mais le brave Sikorsky vola jusqu'au bout. Parvenu en approche finale de la petite vallée et voyant les camions bourrés d'hommes en dessous, le pilote se dit qu'il allait être obligé de grimper très vite. Mais bizarrement les tirs auxquels il s'était attendu n'eurent pas lieu. Il grimpa quand même, vit bientôt deux silhouettes qui jaillissaient de la grande maison. Deux silhouettes identiquement noires. L'une d'elles tenait l'autre à bras le corps devant elle, semblant la porter ou la soutenir. La silhouette de derrière était celle de Bolan et celle qu'il soutenait était vêtue d'une sorte de long kimono noir. Un homme. Avec une drôle de gueule toute pâle. Grimaldi se dit qu'il n'avait pas le temps de tout comprendre et, d'une de ces savantes manœuvres dont il avait le secret, il laissa tomber l'hélico comme une pierre.

Jusqu'au sol où il le posa en douceur.

Les patins à peine en contact avec la terre, les deux silhouettes s'encadrèrent dans le cadre de la porte latérale. Grimaldi ne comprenait toujours pas ce que faisaient les gus aux camions. Il se demandait pourquoi ils ne tiraient pas, puis subitement, la lumière se fit dans son esprit. Le sigle *POLICIA* était toujours peint sur la carlingue. Et ceux des camions ne savaient plus qui était qui. Logique.

— GO ! cria Bolan.

Sans chercher à comprendre pourquoi l'Exécuteur embarquait ce type avec eux, Grimaldi arracha l'appareil et, dans un grondement de fin du monde, donnant toute la sauce et fonçant plein est, le vieux Sikorsky se perdit dans la nuit.

— Bravo ! cria Bolan dans le dos de Grimaldi en lui frappant amicalement l'épaule. T'es un chef.

— Ouais ! grogna le pilote, maussade. C'est à ta copine, qu'il faudra dire ça.

Puis tournant la tête, il aperçut une silhouette diaphane sur le siège de la cabine en contrebas... et un visage de femme très pâle. N'y comprenant réellement plus rien, il lança :

— Ben... et le mec ! Où il est ?

Bolan lui sourit, désigna quelque chose qui était glissé sous un des sièges de la cabine, avec le kimono noir et questionna :

— Quel mec ? Lui ?

Grimaldi fronça les sourcils, regarda mieux... et le regretta aussitôt. Il s'étrangla :

— Tu veux dire que... que t'as sorti la fille... planquée sous ce truc ?

Bolan, un peu mal à l'aise, admit d'un signe de tête et ajouta comme pour s'excuser :

— Il fallait bien les empêcher de tirer, non ?

— Euh... si.

Quand Jack Grimaldi se retourna face à ses commandes, il se dit qu'il allait être malade.

ÉPILOGUE

Pourtant faible et couvert par le chuintement de la pluie qui s'était remise à tomber, le chant vibrait étrangement dans l'air du soir. Un chant qui devait évoquer des temps où tout était écrit et où le mal ne pouvait venir que de dieux néfastes. De ceux qui grondent parfois aux tréfonds des nuées lourdes et grises et qui pleurent ensuite en chaudes cataractes sur la *selva* fumante. C'était un chant beau et vibrant, où la voix vieille et cassée n'avait pas d'importance.

C'était un chant d'amour et de vie.

Beau comme un cantique.

— C'est magnifique! souffla Jil, près de Bolan.

Elle était un peu pâle et son regard couleur de ciel d'Irlande semblait perdu dans un songe intérieur. Un songe triste et fatigant. Bien sûr, depuis les événements de la nuit passée, elle n'avait guère plus dormi que Bolan. Mais ensuite, par les révélations de Janet Finley, elle avait appris le drame.

Deux petits emmerdeurs de sept ans avaient perdu leur père.

Maintenant, elle allait devoir le leur dire. Et plus peut-être encore que la mort de Franck Reynolds elle-même, cela creusait son drame intérieur. Comme un cancer. Grimpant près de Bolan le raidillon à flanc de montagne, sans paraître remarquer cette pluie qui ressemblait à des larmes et qui détrempait tout, elle progressait à la manière d'une somnambule. Sans aide.

Seule. Et Bolan respectait cette solitude. Lui, son paquet noir sous le bras et l'âme peinte en gris, songeait aux dernières heures vécues. A ce blitz incomplet qui s'était vu réduit à la seule élimination du clan Ferra. Il fallait d'abord sauver Janet Finley. Janet Finley qui, dès les premières heures de la matinée, s'était vue prise en charge par un autre hélico. Frêté par l'ambassade US de Lima. Grâce à Brognola que Bolan avait alerté dès la fin de la nuit. Maintenant, elle n'avait plus rien à craindre. Hal Brognola, papa Finley et l'énorme machine administrative américaine feraient le nécessaire. Grimaldi avait pris le premier avion. Juste avant de partir, il avait seulement mis Bolan en garde.

— Attention, *Striker*, avait-il prévenu avec un petit sourire songeur. Cette nana, elle n'est pas ordinaire.

Bolan avait souri à son tour. Il était bien d'accord.

Maintenant, les flics étaient partout, plus question de blitz. Provisoirement. Il fallait quitter Tingo Maria. Mais avant, l'Exécuteur avait un dernier devoir à remplir. La « condition » du vieux Jivaro. Il lui en avait fait la promesse, il tenait parole. Ce soir, il était là. Avec la « condition » sous le bras. Et plus ils grimpaient dans la jungle de cette montagne, mieux ils percevaient ce chant étrange aux consonances de cantique. Un chant qui semblait être né ici et qui donnait le sentiment d'être revenu y mourir.

— C'est beau! souffla Jil.

Puis elle retourna dans son mutisme et ils continuèrent de grimper. Enfin, après un temps qui leur parut une éternité, la *selva* s'ouvrit subitement, tel le tulle peint d'un décor de théâtre. Sur un plateau rocheux, nu comme la main, mouillé de pluie et nimbé de brouillard. A moins qu'ils fussent montés jusqu'aux nuages. Et là-bas, au milieu du plateau, assis à même le sol, enveloppé dans son poncho fumant de brumes et dodelinant de sa tête chenue, le vieux Muisak chantait. Sans paraître savoir qu'ils étaient là. Sans que Bolan n'ait eu à le suggérer, Jil s'arrêta, le laissant continuer sa marche jusqu'à l'Ancêtre. Lorsqu'il y parvint, le chant s'éteignit doucement et, dodelinant une dernière fois de la tête,

Muisak leva les yeux sur la grande silhouette, puis sur le regard de Bolan. Ils se regardèrent longtemps, sachant tous deux les mots qu'ils n'avaient pas besoin de dire. Enfin, hochant la tête et le regard soudain allumé de l'intérieur, l'Indien dit seulement :

— Ainsi, tu as respecté le serment.

Ce fut tout. Il tendit les mains et Bolan lui remit le paquet noir. Le vieil homme le posa devant lui, demeura immobile et muet un moment, puis, comme s'il s'éveillait d'un long demi-sommeil, il défit les pans du kimono noir. Un kimono noir taché de sang, dans les plis duquel apparut une tête coupée.

La tête de Zino Ferra.

Pour tenir sa promesse, l'Exécuteur n'avait même pas eu à la trancher de ses mains. La fatalité s'en était chargée. Sous la forme d'un immense vivarium où la mort était inscrite depuis le début des temps. La mort de Zino Ferra. Maintenant, la tête de Zera était affaire de jivaro. Il fallait la réduire et la coudre très vite. Car à l'intérieur, il y avait sûrement beaucoup d'esprit de revanche.

— J'allais oublier, souffla Bolan en se fouillant.

De sa poche, il sortit un bout de papier roulé en boule, le déplia, mettant à jour un objet vert, étonnamment lumineux. La grosse émeraude arrachée du doigt de Ferra.

L'émeraude sacrée des jivaros.

Il la déposa devant le vieillard, se redressa, soufflant tout bas comme pour ne pas le troubler :

— Adieu, vieil homme.

Puis il tourna le dos et rejoignit Jil qui l'attendait.

Elle n'avait même pas demandé ce que contenait le paquet.

Un instant plus tard, alors qu'ils redescendaient le sentier abrupt, ils entendirent la voix cassée lancer derrière eux :

— « Le sang du justicier a porté le fer, le feu et la mort. »

Puis il y eut un silence à peine troublé par la pluie, avant que la voix faible et cassée ne reprenne son chant où elle l'avait interrompu.

— Il a trouvé la paix, murmura Jil.

Puis elle prit la main de Bolan et la serra très fort.

Alors, sans lâcher cette main qui savait si bien dire ce qui devait rester muet, l'Exécuteur laissa son regard embrasser le fabuleux décor qui s'ouvrait devant eux. Le temps d'un instant, d'une envie fugace ou d'une illusion, il se dit que ce serait bien de rester là, de ne plus bouger, de ne plus penser à rien, qu'à cette main qui était dans la sienne. Mais il voulait croire encore à une humanité propre et il devait continuer à veiller. Et un jour, il reviendrait. Pour exécuter les autres. Ceux qui seraient restés et les nouveaux venus. Il reviendrait exécuter.

Pour continuer à espérer un monde débarrassé du mal.

Un monde enfin meilleur.

Mais le combat de Mack Bolan continue...

Il était un peu plus de dix heures du matin lorsqu'une silhouette noire se profila dans une casse de véhicules de la banlieue sud. L'endroit appartenait à un certain Gus Lavangetta et servait d'entrepôt pour les arrivages de cocaïne en provenance de Miami.

Une sentinelle adossée contre la caravane servant de bureau eut une vision fugitive de la silhouette sombre qui se découpa brièvement entre deux carrosseries rouillées. Dans un réflexe, sa main plongea sous son blouson. Il n'eut pas le temps de saisir son arme, reçut en pleine poitrine une rafale de projectiles presque silencieux tirés par un pistolet-mitrailleur au canon épais, tressauta un instant sous les impacts et s'affaissa dans la poussière.

Quelques secondes plus tard, un homme à la mine inquiète et tenant un fusil à pompe jaillit de la caravane.

— Qu'est-ce que tu fous, Joe? s'enquit-il nerveusement.

Ses yeux s'agrandirent lorsqu'il aperçut le cadavre sanglant de son complice et il tenta de réintégrer précipitamment la caravane, se heurtant à un nouveau personnage qui en débouchait à la hâte.

L'agresseur ne leur laissa aucune chance. Une nuée de projectiles les découpa en pointillés, les envoyant pêle-mêle rejoindre la sentinelle. Puis la rafale se poursuivit, délimitant des impacts rapprochés dans la carrosserie, à hauteur d'homme.

Enfin, le staccato ouaté cessa. Le silence retomba sur les lieux et l'on entendit le claquement sec d'une arme que l'on réapprovisionnait en munitions. Quelques secondes encore s'égrenèrent avant qu'une ombre noire se déplace vers la roulotte, d'une démarche rapide et souple.

L'assaillant jeta à peine un coup d'œil au quatrième corps qui gisait à l'intérieur de la caravane, recroquevillé au milieu d'une flaque de sang. Il fixa un instant le carnet ouvert sur la table qui servait de bureau et comportant une liste de noms et de numéros de téléphone, le mit dans une poche de sa combinaison. En échange, il laissa tomber une médaille de tireur d'élite sur le plateau de la table puis tourna les talons et quitta la casse le plus tranquillement du monde.

A dix heures trente-cinq, ce fut un quartier résidentiel de la banlieue ouest qui fut secoué par le fracas d'un attentat à la bombe. La voiture d'un gros dealer — une Cadillac Eldorado toute récente — explosa devant sa villa alors que celui-ci mettait son moteur en marche. L'onde de choc brisa les vitres de la demeure et souleva un puissant nuage de poussière. Le corps du mafioso fut retrouvé en plusieurs morceaux répartis dans un rayon d'une vingtaine de mètres autour du véhicule éventré et les policiers découvrirent également, sur le front ensanglanté de la victime, un petit objet rond en bronze comportant un croisillon au-dessus d'une cible stylisée.

Un voisin dont la villa était distante d'une centaine de mètres déclara peu après avoir aperçu une forme humaine noire qui sortait du nuage de fumée pour s'éloigner ensuite à pied.

— Je l'ai vu sortir de la fumée comme un fantôme, affirma-t-il nerveusement aux policiers, encore sous le coup de l'émotion. On aurait dit un de ces personnages de bande dessinée avec une combinaison moulante. Il tenait à la main une sorte de gros fusil ou une mitraillette. J'étais trop loin pour voir son visage mais il marchait rapidement et en souplesse. Ensuite, il a enjambé un petit mur le long de l'allée et il s'est enfoncé dans le bosquet là-bas. Je ne crois pas qu'il était sur place au moment de l'explosion, il n'en serait sûrement pas sorti indemne, il devait se tenir à l'affût et, pour moi, il est allé vérifier le résultat de l'explosion. Maintenant que j'y pense, ça pourrait bien être celui qu'on appelle l'Exécuteur, vous savez, ce type qui s'en prend à la Mafia. Vous croyez que M. Vaugham faisait partie de la Mafia? Il était pourtant si tranquille, cet homme. Jamais il n'avait fait parler de lui en mal, mais par les temps qui courent, comment savoir si les gens apparemment les plus respectables ne sont pas des gangsters...

L'un des policiers qui interrogeaient le témoin se tourna vers son collègue et grimaça. M. Vaugham, alias Robert Verazzani, n'avait en effet de respectable que l'apparence. Tous les flics de la région tentaient de le coincer depuis plusieurs années sans autre résultat que de fastidieuses et vaines planques ainsi qu'une arrestation qui s'était soldée par un non-lieu pour vice de forme.

Le policier fit doucement rouler entre ses doigts la médaille Marksman de tireur d'élite et la contempla furieusement. Est-ce que Mack Bolan avait vraiment décidé de flanquer le bordel dans son secteur? Si tel était le cas, les heures à venir s'annonçaient bien sombres et de nombreux hommes tout aussi « respectables » que Robert Verazzani avaient du mouron à se faire. La plupart d'entre eux, en effet, magouillaient à grande échelle avec l'Organisation de la côte Est.

Alors que le policier réintégrait sa voiture pour appeler par radio son central, un troisième attentat eut lieu à quelques kilomètres de là dans un entrepôt de marchandises de contrebande. L'un des responsables du trafic était affairé au téléphone quand il entendit plusieurs coups de feu tirés en rafales. Il se pencha vivement vers la fenêtre de son bureau et chercha prudemment à voir ce qui se passait. A une dizaine de mètres de là, un garde tiraillait sur une cible invisible depuis le bureau. Subitement, le type se redressa, battit l'air de ses mains et partit à la renverse en laissant échapper son arme. Un autre qui courait pour se mettre à l'abri derrière un camion parut trébucher et boula au sol tandis que sa poitrine se teintait de rouge.

L'homme dans le bureau se recula une fraction de seconde avant l'éclatement des vitres de la fenêtre et se mit à glapir frénétiquement dans le téléphone.

Il n'y avait aucun doute, l'Ordure vêtue de noir, l'Exécuteur était arrivé dans le secteur!

DÉJÀ PARUS

N° 1 : *Guerre à la Mafia*
N° 2 : *Massacre à Beverly Hills*
N° 3 : *Le masque de combat*
N° 4 : *Typhon sur Miami*
N° 5 : *Opération Riviera*
N° 6 : *Assaut sur Soho*
N° 7 : *Cauchemar à New York*
N° 8 : *Carnage à Chicago*
N° 9 : *Violence à Vegas*
N° 10 : *Châtiment aux Caraïbes*
N° 11 : *Fusillade à San Francisco*
N° 12 : *Le blitz de Boston*
N° 13 : *La prise de Washington*
N° 14 : *Le siège de San Diego*
N° 15 : *Panique à Philadelphie*
N° 16 : *Le tocsin sicilien*
N° 17 : *Le sang appelle le sang*
N° 18 : *Tempête au Texas*
N° 19 : *Débâcle à Détroit*
N° 20 : *Le nivellement de New Orleans*
N° 21 . *Survie à Seattle*
N° 22 : *L'enfer hawaiien*
N° 23 : *Le sac de Saint Louis*
N° 24 : *Le complot canadien*
N° 25 : *Le commando du Colorado*
N° 26 : *Le capo d'Acapulco*
N° 27 : *L'attaque d'Atlanta*
N° 28 : *Le retour aux sources*
N° 29 : *Méprise à Manhattan*
N° 30 : *Contact à Cleveland*
N° 31 : *Embuscade en Arizona*
N° 32 : *Hit-parade à Nashville*
N° 33 : *Lundi linceuls*
N° 34 : *Mardi massacre*
N° 35 : *Mercredi des Cendres*
N° 36 : *Jeudi justice*
N° 37 : *Vendredi vengeance*
N° 38 : *Samedi minuit*
N° 39 : *Traquenard en Turquie*
N° 40 : *Terreur sous les Tropiques*

N° 41 : *Le maniaque du Minnesota*
N° 42 : *Maldonne à Washington*
N° 43 : *Virée au Viêt-nam*
N° 44 : *Panique à Atlantic City*
N° 45 : *L'holocauste californien*
N° 46 : *Péril en Floride*
N° 47 : *Épouvante à Washington*
N° 48 : *Fureur à Miami*
N° 49 : *Échec à la Mafia*
N° 50 : *Embuscade à Pittsburgh*
N° 51 : *Terreur à Los Angeles*
N° 52 : *Hécatombe à Portland*
N° 53 : *L'as noir de San Francisco*
N° 54 : *Tornade sur la Mafia*
N° 55 : *Furie à Phoenix*
N° 56 : *L'opération texane*
N° 57 : *Ouragan sur le lac Michigan*
N° 58 : *Bain de sang pour la Mafia*
N° 59 : *Piège au Nouveau-Mexique*
N° 60 : *Pleins feux sur la Mafia*
N° 61 : *La filière new-yorkaise*
N° 62 : *Vengeance à Hong-Kong*
N° 63 : *Chaos à Caracas*
N° 64 : *Le capo de Palerme*
N° 65 : *Nuit de feu sur Miami*
N° 66 : *Trahison à Philadelphie*
N° 67 : *Banco à Denver*
N° 68 : *La guerre de Sicile*
N° 69 : *Pluie de sang sur Hollywood*
N° 70 : *Complot à Columbia*
N° 71 : *Débâcle à Rio*
N° 72 : *Les sources de sang*
N° 73 : *Mort en Malaisie*
N° 74 : *Fleuve de sang en Amazonie*
N° 75 : *Tueries en Arizona*
N° 76 : *Arnaque à Las Vegas*
N° 77 : *La bataille du New Jersey*
N° 78 : *Flots de sang pour une vengeance*
N° 79 : *Raid sur Newark*
N° 80 : *Tempête de mort sur Istanbul*

N° 81 : *Alerte à Phœnix*
N° 82 : *Exécutions maltaises*
N° 83 : *Le Parrain de Nettuno*
N° 84 : *Sédition à El Paso*
N° 85 : *Ligne de feu sur Nicosie*
N° 86 : *Capo di Roma*
N° 87 : *Massacre à Dallas*
N° 88 : *Les tueurs du Plan Fire*
N° 89 : *Les charniers d'Abidjan*
N° 90 : *Course de mort à Maja Blanca*
N° 91 : *Traquenard en Louisiane*
N° 92 : *Le boss de Zurich*
N° 93 : *Hécatombe à Hollywood*
N° 94 : *Piège à Chinatown*
N° 95 : *Apocalypse à Houston*
N° 96 : *Sabordage à Bombay*
N° 97 : *Le crash de San Diego*

Composé sur Euroserveur, à Sèvres
Achevé d'imprimer en octobre 1991
sur les presses de l'imprimerie Firmin-Didot
à Mesnil-sur-l'Estrée

— N° d'imprimeur : 19173 —
— N° d'éditeur : Ex. 98 —
Dépôt légal : novembre 1991.

Imprimé en France